Heibonsha Library

園芸家の一年

平凡社ライブラリー

Heibonsha Library

園芸家の一年

カレル・チャペック著
飯島 周訳

平凡社

本著作は一九九七年十月、恒文社より刊行されたものです。

カレル・チャペック＊その生涯をたどる

多芸な趣味人として知られるチャペックは、絵を描き、写真を撮り、犬や猫を飼い、昆虫を飼育し、さらに、植物について並はずれた知識と経験をもつ園芸マニアでもあった。庭仕事と人間のいとなみを巧みに結びつけた本書は、まさに「園芸家のバイブル」ともいえる

芸術上でも互いによき協力者であったチャペック兄弟は、多忙な仕事の合間をぬって、園芸作業にしばしの息抜きを見いだし、ともに熱中した。土に親しみ、草花を愛する人はもちろん、庭いじりをした人なら誰でも思いあたるような話がつづられた本書は、弟カレルの自由奔放な文章に、兄ヨゼフ（右）の楽しい挿絵が添えられた、味わい豊かな自然讃歌

園芸家カレル・チャペックの仕事

自宅の庭にて、花卉を調整（1927年）

訪れた友人に、自慢の庭を説明する

田舎の別荘にて、庭仕事の合間に

わが庭に施肥をして、丹念に鋤き返す

自宅のロック・ガーデンを手入れする

チャペック兄弟が幼少期を過ごしたクルコノシェ山脈の麓の町ウーピツェの家には、開業医の父アントニーンが丹精した庭があった

プラハの植物園にて、兄ヨゼフとともに植栽研究に熱中（1926年）

広い庭からのぞむチャペック兄弟の旧居（プラハ市内）

自宅の池のそばで

兄弟亡きあとに取り残された庭

写真上＝チャペック兄弟の生まれ故郷、北東チェコにあるクルコノシェ山脈の麓の地マレー・スヴァトニョヴィツェの駅
写真右＝この地に残る兄弟の生家付近には、じょうろを持ったカレルと、スケッチブックを持ったヨゼフの二人像が、大自然の清澄な空気にいだかれて、立っている
（訳者撮影）

「サボテンは、情熱をそそぐに値する神秘的な植物である」と言うほど、チャペックはサボテン栽培にも熱中し、みずから写真も撮っている

目次

園芸家の一年

挿絵　ヨゼフ・チャペック

庭づくりの始めに

庭の基礎をつくる方法は、いくつもある。いちばんよいのは、本職の庭師にまかせることだ。

庭師はその場所に、さまざまな棒や、小枝や、竹ぼうきのようなものを植え込み、それぞれ、カエデ、サンザシ、ライラック、高木果樹《こうぼく》、低木果樹《ていぼく》、その他の原生種だとうけ合う。

それから土を掘り返して、上下を入れかえ、また平らにならし、屑石《くず》で小さな道すじを何本かつけ、地面のあちこちに枯れ葉のようなものを突っ込み、これは多年生植物だと宣言し、未来の芝生となる種《たね》をまき、これはイギリス種のライグラスとオーチャードグラス、それにフォックステイル、ドッグテイル、キャッツテイルですと説明する。

そこまでやって立ち去るが、あとには茶色の土がむき出した庭が残され、まるで天地創造

の最初の日のようだ。
毎日、地面全体に気をつけて水をやり、芝が生え出てきたら、小道に砂を敷くことだけを忘れないように。よろしい。
庭に水をまくことなんて、まったくなんでもないことだ、とくにホースが使えれば、と考えるだろう。しかし、すぐにわかるが、飼いならされていないかぎり、ホースは異常に手に負えない危険な動物である。
のたうちまわり、とび上がり、バウンドし、自分の体の下に水をたっぷり溜め込み、そうやってつくった泥沼の中に有頂天でもぐり込む。そのうえ、水をまこうとする人間にとびかかり、足のまわりに巻きつく。踏みつけなければならないが、すると体をもたげて、人間の腰や首にからまってくる。

ニシキヘビを相手にするように悪戦苦闘しているあいだ、怪物は真鍮《しんちゅう》製の鼻づらを上へ向け、かけたばかりの厚手のカーテンめがけて、窓の中に多量の水流をそそぎ込む。そこで首根っこを力のかぎり押さえて、できるだけ引っぱらざるをえない。怪物は痛みに怒り狂い、水を吹きはじめる。口からではなく、水道栓と体のまん中のどこかからだ。

怪物をなんとか調教するには、最初は三人がかりでやらねばならぬ。そして、その戦場から引き揚げる際には、全員、耳まで泥にまみれ、たっぷりと水をあびて、びしょぬれになっている。庭のほうは、ところどころがぬるぬるの水たまりになり、一方、別のところは乾いて水を欲しがり、割れ口を見せている。

こんなふうに毎日手入れしていても、二週間後には、芝のかわりに雑草がぴょこぴょこ芽を出しはじめる。このうえなく上等な芝の種から、このうえなくしつけの悪い、このうえなくとげとげしい雑草が、どうして生えてくるのか、それは自然の神秘の一つだ。きれいな芝生をつくるには、雑草の種をまいてやればよいのかもしれない。

三週間後には、アザミと、這いまわったり地中深く根を張ったその他の悪の権化《ごんげ》が、芝生の上一面にびっしり生い茂る。地面から抜き取ろうとすると、根っこのところですぐ切れてしまうか、さもなければ、土の大きなかたまりを道づれにして、いっしょに持ち上げる。どうしようもない。憎まれっ子世にはばかる、だ。

そのうちに、神秘的な物質の変化が起こって、小道の石屑が、想像しうるかぎりねばねばした、ぬるぬるの粘土に化《ば》ける。

それにもめげず、芝生から雑草を抜かねばならない。そこで抜きに抜く。やがて、抜いた足もとには、未来の芝生が、天地創造の最初の日のように、茶色にむき出した土に変わっている。ただ二、三カ所に、緑っぽい苔のようなもの、ふわふわした、まばらでうぶ毛のようなものが生えている。まちがいない、これが芝だ。そのまわりを、つま先立ちで歩き、スズメを追い払う。

そんなふうに地面をにらんでいるあいだに、グズベリーとスグリの今年最初の若葉が、気がつかぬうちに出ていた。春の到来をちゃんと見守ることは、決してできないものだ。

今や、物事への関心が変わってしまった。雨が降ると、庭に雨が降っているんだな、と考える。日が照ると、ただ照っているのでなく、庭に照っているのだと思う。夜になると、庭が休息しているのだ、と思ってうれしくなる。

ある日の朝、目をあけると、庭は、一面、緑になって、背高《せい》くのびた芝が露《つゆ》に光り、バラの茂みの梢《こずえ》には、ふくらんだ茶色の蕾《つぼみ》がのぞいているだろう。木々は年とともに成長し、枝を張って影をつくり、梢はこんもりと茂り、湿っぽい陰には、完全な朽葉《くちば》の芳香がただよっている。もはや、あのころのたよりない、むき出しの茶色の庭、うぶ毛のような芝、顔を出したばかりの芽、庭づくりの最初のころの、あの粘土ばかりで貧弱な、そして感動的な庭の美しさは、なにも思い出せなくなるだろう。

よろしい、だが今は水をまき、草を取り、土の中から石を拾い出さねばならぬ。

園芸家が誕生するまで

園芸家というのは、一見、種《たね》や、若木や、球根や、塊茎《かいけい》、それに分かれた枝から生まれるように思われるかもしれないが、じつは、経験と、環境や自然条件から生ずる。

小さかったころ、わたしは、父の庭に対して、反抗的な、それどころかぶちこわしてやろうという態度をとった。花壇に足を入れたり、熟さない果物をもぎ取ることを禁止されていたからである。

同じようにアダムも、エデンの楽園で縁《ふち》どり花壇を踏んだり、知恵の木の実をもぎ取ることを禁じられていた。その実がまだ熟していなかったからだ。ただ、アダムは——わたしたち子供と同じように——熟していない実をもぎ取って、その結果、楽園から追放された。そのときから、知恵の木の実は熟さず、これからもずっと未熟なままでいるだろう。

人間は、若さいっぱいの花ざかりのうちは、花というものは胸のボタン穴に挿《さ》すか、女の子に贈るものだと考えている。花とは、冬眠し、耕作され、施肥《せひ》され、灌水《かんすい》され、移植され、挿し木され、剪定《せんてい》され、支柱にしばりつけられ、雑草や寄生菌糸体や枯れ葉やアブラムシやウドンコ病やらを取り除いてやるものだという事実を、どうも正確に認識していない。

若いうちは、花壇を耕すかわりに、女の子の尻を追いかけ、自分の野心をみたし、自分で育てたものではない人生の果実を楽しみ、全体的に破壊的にふるまう。そんな人がアマチュア園芸家になれるのは、ある程度成熟してから、言ってみれば、ある程度おやじの年齢になってからである。おまけに、自分の庭が必要だ。

人間は、ふつうの場合、庭づくりはプロの庭師にまかせ、一日の仕事のあとで庭をぶらつき、花を眺めたり、鳥のさえずりに耳をかたむけて楽しもう、と考える。そのうちに、ある日、自分の手でなにか花を植えることになる。わたしの場合は、バンダイソウだった。

その折、爪の周囲炎かなにかで、体の中に土がちょっぴりはいり込み、中毒か炎症のようなものを起こす。つまり、熱烈な園芸家病にかかる。爪さえつかめば、鳥全体がつかまえられる、ということわざの通りだ。

園芸家が誕生するのには、隣人から伝染というケースもある。たとえば、隣の庭にムシトリナデシコが咲いているさまを見て、ひそかに思う。——ちきしょうめ、うちでも咲かぬわけはないだろうよ、もっとりっぱな花を咲かせるように世話をしてやろう！

そんないろいろなきっかけからはじまって、園芸家は、この新しく目ざめた情熱の深みにどんどんはまっていく。この情熱は、成功を重ねることで肥大し、不成功を重ねることで鞭《べん》撻《たつ》を受ける。

園芸家の体内に、突如として、押さえきれぬ収集家熱が芽を出し、それに駆られて、AからZまでアルファベット順にすべての植物を育てようとたくらむ。

やがてそのあとに、園芸家の体内では専門家病が繁茂してきて、それまで正気だった人間を、バラマニアや、ダリアマニア、または、他の種類のエキセントリックなマニアにしてしまう。

また、別の人たちは芸術家熱にかかり、たえず自分の庭を再編成し、模様がえをし、つくりなおし、色どりを考えて構成し、花の群れを組み替え、そこにあって育っているものを植え替える。いわゆる、創作的欲求不満に追い立てられるのだ。

ほんとうの園芸とは牧歌的で瞑想的な行為だ、と考えないでもらいたい。それは、あくなき情熱である。凝《こ》り性《しょう》の人間がのめり込むような、すべての物事と同じである。

さらに、ほんとうの園芸家の見分け方をお話ししよう。

「ぜひわたしの家へ来て見てください」とある人が言う。「わたしは自分の庭をぜひ、お目にかけたいんです」

そこで、喜ばせてやろうとその家に出かけると、庭の多年草の草むらのどこかに、その人の尻の部分がにゅっと突き出ているのを見つける。

「すぐ行きますよ」と背中ごしにその人は言う。「ちょっとここで植え付けをしますから」

「どうぞおつづけください」訪問者は愛想よく言う。

しばらくすると、もう植え付けは終わったようだ。急に立ち上がり、相手の手を握って泥だらけにし、歓迎の念で顔を輝かせて言う。

「さあ、こちらへ来て、ごらんください。小さな庭ですけど」

そう言っておきながら、「ちょっと失礼」と、縁どり花壇の上に身をかがめ、小さな雑草を二、三本引き抜く。

「さあ、こちらへどうぞ。ディアントゥス・ムサラエ〔ナデシコ属の一種〕をお見せしますよ。きっと、びっくりなさるでしょう。あれ、ここを掻きならすのを忘れてたぞ」

そう言って土を掘り返しはじめる。十五分後に、また背中をまっすぐにする。

「ああそうだ」と言う。「あなたに、あのツリガネソウ、カンパニュラ・ウィルソナエをお見せしようと思ってたんだ。いちばんきれいなツリガネソウですよ。どんなですって。ちょっとお待ちを。そのデルフィニウム〔ヒエンソウ属の一種〕を結びつけてやらなきゃ」

結びつけると、思い出す。

「なんだ、あなたはエロディウムをごらんになりたかったんですね。ちょっと失礼」と、つぶやく。「このアスターの植え替えをしてやるだけですから。ここじゃ、場所が狭すぎる」

ここまでくると、訪問者は忍び足でそこを立ち去る。園芸家は相変わらず、尻を多年草の草むらの中に、にゅっと突き出したままだ。

そして、また出会ったとき、園芸家はこう言う。

「ぜひ、わたしの家へ来て見てください。バラが咲いてますよ。あなたはまだ見たことがないでしょう。じゃあ、来てくれますね？　きっとですよ！」

さて、それでは、園芸家のところへ行って、一年がどのように過ぎるのか、見てやろうじゃないか。

園芸家の一月

「一月とても、園芸家にとって、無為の時期ではない」といくつもの園芸の手引き書に書いてある。たしかに、そのとおりだ。なぜなら、一月に園芸家は主として、

天候の手入れをする。

天候というものは、まったく奇妙なものだ。順調であることは決してなく、つねに、一方か他方に的《まと》をはずす。気温というのも、百年間の平均とぴったり合うことは決してない。それより五度低いか、五度高いかである。雨量も、平均より一〇ミリ低いか、二〇ミリ高いか、だ。乾きすぎ、でなければ、かならず湿りすぎである。

このように、なんの関係のない人たちでも、天候に不平を言う理由がそんなにあるのだから、いわんや園芸家においてをや、というわけだ！

雪が少ししか降らないと、足りないと大っぴらに文句を言う。多く降ると、針葉樹やシャクナゲが折れはしないかと、深刻に憂慮する。さらに、全然降らないと、黒霜《ブラック・フロスト》〔水蒸気不足のため霜そのものは降らないが強烈な寒気により葉や芽が黒くなり枯死する現象〕による災害を嘆く。また、雪どけになると、不意の狂風を呪う。そうした風は、雪どけといっしょにやって来て、恥ずべき癖をもっており、庭にあるそだその他の覆《おお》いを吹きとばし（いまいましい！）、大切な木を折りたがる。

一月にあつかましくも日の光が差すなら、園芸家は、灌木の成長が早すぎはしないか、と頭をかかえる。雨が降れば、自分の高山植物の花のことを心配する。乾くと、自分のシャクナゲとアセビのことを、かわいそうに思う。

園芸家が気に入るようにしてやるのは、むずかしいことではないだろう。元旦から三十一日まで、ほぼマイナス〇・九度、降雪一二七ミリ（軽くて、できれば降りたての雪）、おおよそ曇り、無風または西のそよ風の状態なら、十分だろう。それですべてが順調になる。だが、それはそれだ。われわれ園芸家のことを気にかける人は一人もいないし、天候がどうあるべきかをわれわれにたずねてくれる人は、一人もいない。それだから、この世の中がこんな様相を呈するのだ。

＊

園芸家にとって最悪なのは、黒霜がやって来るときだ。そうなると、大地はかじかんで、骨までからからになり、日ごと夜ごとにその程度が深まる。園芸家は、石のように固く生気を失った土の中でこごえている根っこのこと、乾いて氷のように冷たい風に骨の髄まで吹きつけられている枝のこと、秋に植物が自分の全財産をしまい込んだ、凍りついている芽のことを思う。

役に立つとわかるなら、ヒイラギにわたしの上衣を着せてやり、ビャクシンにはわたしのズボンを

はかせよう。そしておまえ、アザレア・ポンチカよ、おまえには、わたしのシャツを脱いでやるよ。アメリカツボサンゴよ、おまえには、わたしの帽子をかぶせてやる。そしておまえ、コレオプシスよ、もうわたしには靴下しか残っていない。それで我慢してくれ。

天候を出し抜いて、その変化をうながすようにさせるトリックは、いろいろだ。たとえば、自分で着られるいちばんあたたかい服を着ようと決心したとたんに、きまってあたたかくなる。山へスキーに行こうと何人かの友達と話をつけると、ただちに雪どけが起こる。さらに、誰かが新聞に、たいへんな寒さが支配していると か、寒さで健康そうに赤くなっているほっぺたとか、スケート場の群衆の輪舞その他の現象を記事にすると、その記事が植字室で植字されているまさにその瞬間に、雪どけがやって来る。

そこで、世間の人たちが記事を読むころには、外ではもうふたたび、なまあたたかい雨が降っていて、寒暖計は氷点より八度上を示している。そしてもちろん読者は、新聞なんて嘘とごまかしばっかりだ、と言う。新聞のことなど、放っておけ。

ところがそれと正反対に、まともに罵《ののし》ろうが泣こうが、おまじないをしようが、鼻水をすすろうが、「ブルルル」と言おうが、ほかの文句を口にしようが、天候にはなんの影響も与えられないのだ。

＊

一月の植物について言えば、いちばん有名なのは、いわゆる「窓のガラスに咲く花」である。その花を咲かすには、部屋の中に少なくとも、人の呼気《こき》によって生じる少量の水蒸気が必要だ。室内の空気が完全に乾いていると、窓には、花どころか、みじめな針葉一本さえも育てられない。さらに、窓はどこかぴったり合わないようなところがないといけない。窓に風が吹き込む隙間《すきま》があれば、そこに、氷の花が育つ。この花は、金持ちよりも、貧しい人たちの窓によく繁茂する。金持ちの家の窓のほうが、ぴったりと閉まるからだ。

植物学的に言うと、氷の花は、じつは花ではなく、ただの葉なのである。この葉は、キクジシャ、パセリ、そしてセロリの葉に似ている。さらに、チョウセンアザミ、ヤハズアザミ、ナベナ、ハアザミ、そのほかのさまざまなアザミ属の葉に似ている。オオヒレアザミ、シャールマンアザミ、アザミ、ノタバシス、ヒゴタイサイコ、ヒゴタイ、チャボアザミ、サフランアザミ、ハナウド、その他さらに何種類かの有刺植物、羽のような、歯のような、裂けた、ぎざぎざの、刈り株のような、またはタンポポ型の葉の植物と比較できる。

時にはシダやシュロの葉に、時にはトショウに似ることもある。しかし、花はついていない。

したがって、「一月とても、園芸家にとって、無為の時期ではない」といくつもの園芸の手引き書に——たしかに、ただ気休めのためだろうが——主張されているとおりなのだ。なによりもまず、霜で土がくずれているから、耕しやすいと言える。

それで、新年早々、園芸家は土を耕そうと、庭へ出撃する。シャベルを武器に、土中に突っ込む。

長時間、悪戦苦闘の末、鋼玉のように固い土にぶつかり、シャベルをへし折るのに成功する。今度は、鍬《くわ》でやってみる。ずっと仕事をつづけていると、鍬の柄がまっ二つになる。そこでつるはしを取り上げ、せめてのことに、そのつるはしで、去年の秋に植えつけたチューリップの球根を、ばらばらに分断するところまでいく。

残る唯一の手段は、のみと金槌《かなづち》で土を耕すことだ。ただこれは、とてものんびりした方法なので、すぐにうんざりしてしまう。ダイナマイトで土を爆破するのが適切かもしれない。しかし、園芸家はふつう、ダイナマイトを持っていない。よろしい、雪どけまで、その仕事は放っておこう。

そしてほら、雪どけがやって来た。園芸家はまた、土を耕そうと庭へ出撃する。しばらくして、地表面の春泥《しゅんでい》をありったけ靴にくっつけて、家の中にはこび込む。それでも幸せそうな顔をして、もう大地は開きつつある、と宣言する。

その間《かん》に、「来たるべき季節にそなえた、さまざまな仕事」をしなければならない。

「地下室に乾いた場所があるなら、鉢栽培用の土を準備すること。腐葉土、培養土《コンポスト》、十分に腐った牛糞、それに少量の砂を、よくまぜ合わすこと」

すばらしい！　ただ、地下室には、コークスと石炭がある。女たちは、自分の愚かしい家庭用品置き場を広げて、どこもかしこもふさいでしまう。そうだ、寝室なら、かなりの腐植土を積める場所がたっぷりあるだろうに……

「冬季を利用して、パーゴラや、アーチや、あずまやの修繕をすること」

そのとおりだ。ただ、あいにく、わが家にはパーゴラも、アーチも、あずまやもない。

「一月でも、芝草土を敷くこ

とができる」——ただ、どこへ敷くか、場所がありさえすればいいのだが。場所は、玄関か屋根裏ぐらいしかない、というのに。

「とくに、温室の温度に注意すること」

うん、喜んで注意したいのだが、温室を持っていない。こんなふうに、園芸の手引き書というのは、あまり役に立つようなことを教えてくれない。

＊

そこで待つことだ、待つこと！　天にまします主よ、この一月という月は、なんと、長いことか！　せめて、二月になってくれれば……。

「二月になれば、庭でなにか仕事ができるだろうな？」

「うん、たしかに。三月になってからでも、かまわないさ」

そしてその間《かん》に、予期もせず、なんの世話もしなかったのに、クロッカスとスノードロップが、忽然《こつぜん》と庭に出現する。

種《たね》

木炭を加えるべきだと言う人もいれば、それを否定する人もいる。黄色い砂は鉄分が含まれているそうだから、少し加えることをすすめる人もいるが、一方、鉄分が含まれているそうだからという単純な理由で、黄色い砂を加えるのはやめろと警告する人もいる。また別の人は清潔な川砂をすすめ、さらに別の人は、ただ泥炭《ピート》だけを、またまた別の人は、おがくずがよいと言う。

要するに、種をまくための土の準備は、大きな秘密で魔法の儀式だ。その土には、大理石の粉末を加えなければならない（だが、どこで手に入れるのだろう?）。三歳の牛糞（ここではっきりしないのは、三歳牛の牛糞なのか、三年たった牛糞の堆肥《たいひ》のことなのか、だ）、つくりたての、もぐら塚の土のひとつまみ、古い日干し煉瓦《れんが》の粘土の粉末に、エルベ川の砂

（ただし、その支流のヴルタヴァ川〔独名モルダウ〕の砂ではない）、三年たった温床の土、そしてさらに、キンシダ〔葉裏が金色のシダ〕の腐植土と、縊死《いし》した処女の墓の土をひとつかみ。

そのすべてをよくまぜ合わせなければならない（園芸書には、新月の夜か満月の夜にか、または聖フィリップとヤコブの夜〔五月一日の前夜、魔法の夜〕にか、説明されていない）。

そして、この秘密の土を花卉《かき》用の鉢に入れるとき（その鉢は、三年間、日に当てた水の中にひたされ、その鉢の底には煮沸《しゃふつ》した陶器の破片と木炭の一片を入れる。ただし、そのことについて別の大家《たいか》は、もちろん異議をとなえている）、つまり、この儀式を非常に困難にしている、根本的に異なるさまざまな百もの処方を守りながら、なんとかそのすべてを為し終えたとき、やっと、事の核心に到達する。すなわち、種まきにとりかかることができるのだ。

種について言えば、あるものは嗅《か》ぎタバコそっくりで、別のものは明るめの黄色いシラミの卵に、また別のものはつやつやした暗褐色の、足のないノミのようだ。あるものはコインのように平べったく、あるものはころころと丸っこく、あるものは細くて針のようだ。翼のようなもの、棘《とげ》のあるもの、和毛《にこげ》のあるもの、裸のもの、さらに毛深いもの。ゴキブリのように大きいもの、そして日なたに浮かぶ埃《ほこり》のようにこまかいもの。

どの種類も異なり、どの種類も奇妙だ。生命とは、複雑なものである。この大きな羽根飾りのついたばけものから、背丈の低いひからびたアザミが生まれ、一方、この黄色いシラミの卵から、太った巨大な子葉が出てくるという。どうしたらよいだろう？　とても信じられない。

さて、それでは、種をまこうか？　種をまく鉢を、生ぬるい水の中に入れて、ガラスをかぶせたか？　日が当たらぬように窓のカーテンを閉めて、部屋の温度が温室なみの四〇度になるように閉め切ったか？　さあ、これでよし、今や、種まく人にとって、それぞれの偉大で熱っぽい仕事がはじまる。

すなわち、待機するという仕事である。汗をたらし、上衣もチョッキも脱ぎ捨て、息を殺して、自分の鉢に向かって身をかがめ、出てくるべき小さな芽を、目で引き出そうとする。

一日目はなんにも生まれない。そして待機者は、その夜ベッドの上で輾転《てんてん》反側し、夜明けを待ちかねる。

二日目には、神秘の土の上に、カビの小さな群れが現われる。待機者は、それが生命の第一段階だと喜ぶ。

三日目には、長い白い小さな足の上になにかが生えてきて、狂ったように大きくなっていく。待機者は、さあ出てきたぞと大声で叫ばんばかりに喜び、初めての小さな芽ぶきを、まるで瞳のごとく大切に取り扱う。

四日目になって、その小さな芽が信じられぬほどの長さにのびたとき、待機者の心中に、これは雑草かもしれない、という不安が頭をもたげる。まもなく、この恐れが故なきものでなかったことがわかる。鉢の中で成長する、最初の長い細いものは、つねに雑草なのだ。明らかに、それはなにか、自然の法則である。

さて、そのうち、八日目かもっとあとに、だしぬけに、なにか神秘的な、統御できぬ瞬間に（と言うのは、誰もそれを見たことも、とらえたこともないのだから）、ひそやかに土を分けて、最初の芽が姿を現わす。

わたしはずっと、植物は種から下へ向かって根のようにのびていくか、種から上へ向かってジャガイモの茎のようにのびるものだと考えていた。申しあげるが、そうではないのだ。ほとんどすべての植物が、種の下にのび出して、自分の種をまるで帽子のように頭にのせて上へのびていく。

想像してみたまえ、子供が頭の上に自分の母親をのせて、はこびながら成長していくのを。それはただ、自然の驚異である。そしてこの軽わざを、ほとんどすべての小さな芽が、この仕事をするのを想像してもよいだろう。それは、どんどん大胆に種を高く持ち上げていき、やがてある日、種を突き放すか、放り出すかする。

そして今や、裸のまま、もろい姿で、丸っこく、さもなければやせて、そこに立っている。上のほうには、二枚のおかしな小さな葉があり、その二枚の小さな葉のあいだに、あとになってなにかが顔を出す。

だが、それがなんなのか、まだ言うまい。そこまで行っていない。それは、一本の青白い小さな足の上にある小さな二枚の葉にすぎない。しかし、とても不思議だ。とても多くの変異体がある。それぞれの植物がちがっている——なにを言いたかったんだろう？　うん、わかっている、なにもないんだ。さもなければ、ただ、生命とは想像もつかぬほど複雑なものだ、ということだけである。

園芸家の二月

園芸家の二月の仕事は、一月の作業の継続である。

とりわけ、天候の見きわめが大切だ。よくよく知っておくべきだが、二月は危険な月で、黒霜と、太陽と、乾燥と、湿気と風、これらが、園芸家をおびやかす。このいちばん短い月、この青二才の月、この未熟で、移り気な、まったく信用ならぬ月は、狡猾《こうかつ》なたくらみの点で、他のすべての月をはるかにしのいでいる。

二月には、注意しなければいけない。日中はうまいことを言って植物の芽をおびき出し、夜になると、その芽に火をつけて焼き捨てる。片手でやさしくしながら、別の手で鼻の下をぱちんとやる。

いったいなぜ、閏年《うるうどし》にかぎって、この気が変わりやすくて、カタル性の、陰険な小人の月

に、一日分おまけしてやるのか、さっぱりわからない。閏年には、あのすばらしい五月を一日ふやして、三十二日にすべきだろうに。そうありたいものだ。いったい、なんでわたしたち園芸家は、こんな目にあうのか？
さらになすべき二月の季節的作業は、春の最初のきざしを察知することである。園芸家は、ふつうは新聞紙上で春の到来を告げるような、その年

最初のコガネムシやチョウに重きを置かない。そもそも、園芸家はコガネムシなんかまったく相手にしないし、それに、そんな今年初のチョウなどと言っても、ふつうは去年の最後のチョウで、死に忘れただけなのだ。

園芸家が追いかける春の最初のきざしは、もっといつわりなきものだ。それは——。

1、クロッカス　これは、芝生の中に、丸っこくふくらんだ芽の先端を突き出す。そして、ある日のこと、その先端が割れて（まだ誰もその現場を見た人はいないが）、とてもきれいな緑色の葉の束になる。これが春の最初のきざしだ。

2、園芸用のカタログ　これは郵便屋さんが持って来る。園芸家はそのカタログの内容をそらでおぼえているのだが（たとえば、ホメロス〔古代ギリシアの詩人。生没年未詳〕の『イリアス』が、「怒りをうたえ、女神よ……」ではじまっているように、このカタログは、アルファベット順に、次のような言葉、すなわちアカエナ、アカントリモン、アカントゥス、アキレア、アコニトゥム、アデノフォラ、アドーニス等々ではじまり、園芸家なら誰でもすらすらと唱えることができる）、それでもアカエナからヴァーレンベルギア、またはユッカまで丹念に読み通し、さてまだ何を注文すべきかと、心の中で悪戦苦闘する。

3、スノードロップ　これも、もう一つ別な、春の使者である。まず最初は、土の中からそっとあたりをのぞいている、うす緑の小さなとんがり帽子だ。それが次には、二枚の厚みのある子葉に分かれる。そういうことだ。それから、時にはもう、二月初旬に花を開く。申しあげるが、いかなる勝利の象徴のヤシも、知恵の木も、名誉をたたえるゲッケイジュも、湿っぽく冷たい風にそよいで、うす緑の茎の上でゆれている、この白いかよわい小さな盃の美しさには及ばない。

4、隣人たち　これも同様に、信頼できる春のきざしである。この人たちが、シャベルや鍬《くわ》や鋏《はさみ》や、植物をしばりつけるための靭皮《じんぴ》繊維や、木に塗りつけるためのペンキや、土にまくための農薬や肥料など、あらゆる粉の類いを手にして、それぞれ自分の庭にとび出して仕事にかかるやいなや、経験ある園芸家は春が近づいていることを知る。そこで、自分も古ズボンをはき、シャベルと鍬を持って庭にとび出し、隣人たちにも春が近づいていることを知らせ、この喜ばしいニュースを垣根ごしに伝え合う。

大地は開いている。しかし、まだ緑の葉は萌え出ていない。まだそんな、むき出しで手入れを待っている土だと考えることができる。今はまだ、肥料をやり、掘り返し、溝をつけて

畝《うね》をつくり、土をこまかくし、まぜ合わす段階だ。
ここに至って園芸家は、自分の土があまりにも重いとか、あまりにもねばつくとか、あるいは砂がまじりすぎる、酸性になりすぎている、あるいは乾燥しすぎているとかいうことに思い当たる。要するに、自分の土をなんとか改良したいという狂気じみた熱意が突如として湧いてくる。
おわかりいただきたい

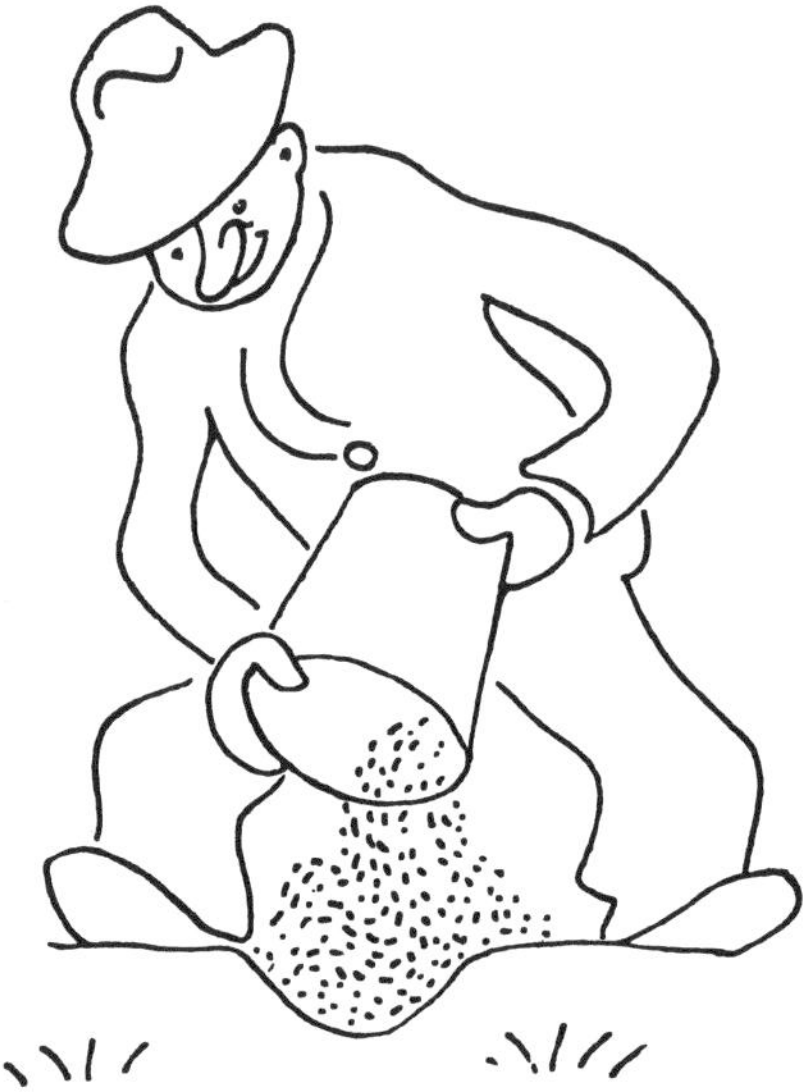

が、土を改良する補助材はごまんとある。不運なことに、園芸家はふつう、それを手もとに持っていない。
　多種多様な補助材、たとえば、鳩の糞、ブナの落ち葉、腐った牛糞、古いしっくい、古い泥炭、堆積した芝草土、風化したもぐら塚の土、森の腐土、川砂、沼土、池底の泥、ヒースの荒地の土、木炭、木灰、骨粉、角粉、古い糞尿、馬糞、石灰、ミズゴケ、腐った切り株、その他、肥料となって土を豊かにする恵み多き物質を、窒素や、マグネシウムや、燐酸その他の各種人工肥料は別にしても、町中《なか》の家にとりそろえておくの

は、それほど容易なことではない。

たしかに、これらの貴重な土や付加剤や肥料を、すべてまとめて手入れし、掘り返し、すき込みたいと思う瞬間がある。残念ながら、そんなことをしたら、庭に花を咲かす場所が残らなくなるだろう。そこで、せめて、できるだけ土を改良しようとする。

家で卵の殻を溜め込み、昼食の残りの骨を焼き、自分の切った爪をたくわえ、煙突の煤《すす》を払い出し、どぶ泥をさらい、町の通りではみごとな馬の落とし物をステッキで突き刺し、それらを全部、丹念に自宅の庭に埋める。これらは土をやわらかにし、あたため、肥料となる物質なのだから。

この世に存在する物はすべて、土に入れていいものか、よくないものか、そのどちらかである。ただ、ちょっとした羞恥心《しゅうちしん》のために、園芸家は町の通りで馬の落とし物を拾い集めようとしないだけだ。とはいえ、敷石の上にあるみごとな馬糞の山を見るたびに、少なくとも園芸家はため息をついて、神の贈り物がなんともったいないことかと嘆く。

農家の庭にある大きな堆肥の山を想像なさるなら——。

ブリキの缶にはいったさまざまな粉末があることは、承知している。思いつくものは、なんでも買うことができるのだ、あらゆる種類の塩《えん》、エキス、粕《かす》、粉の仲間を。バクテリアを

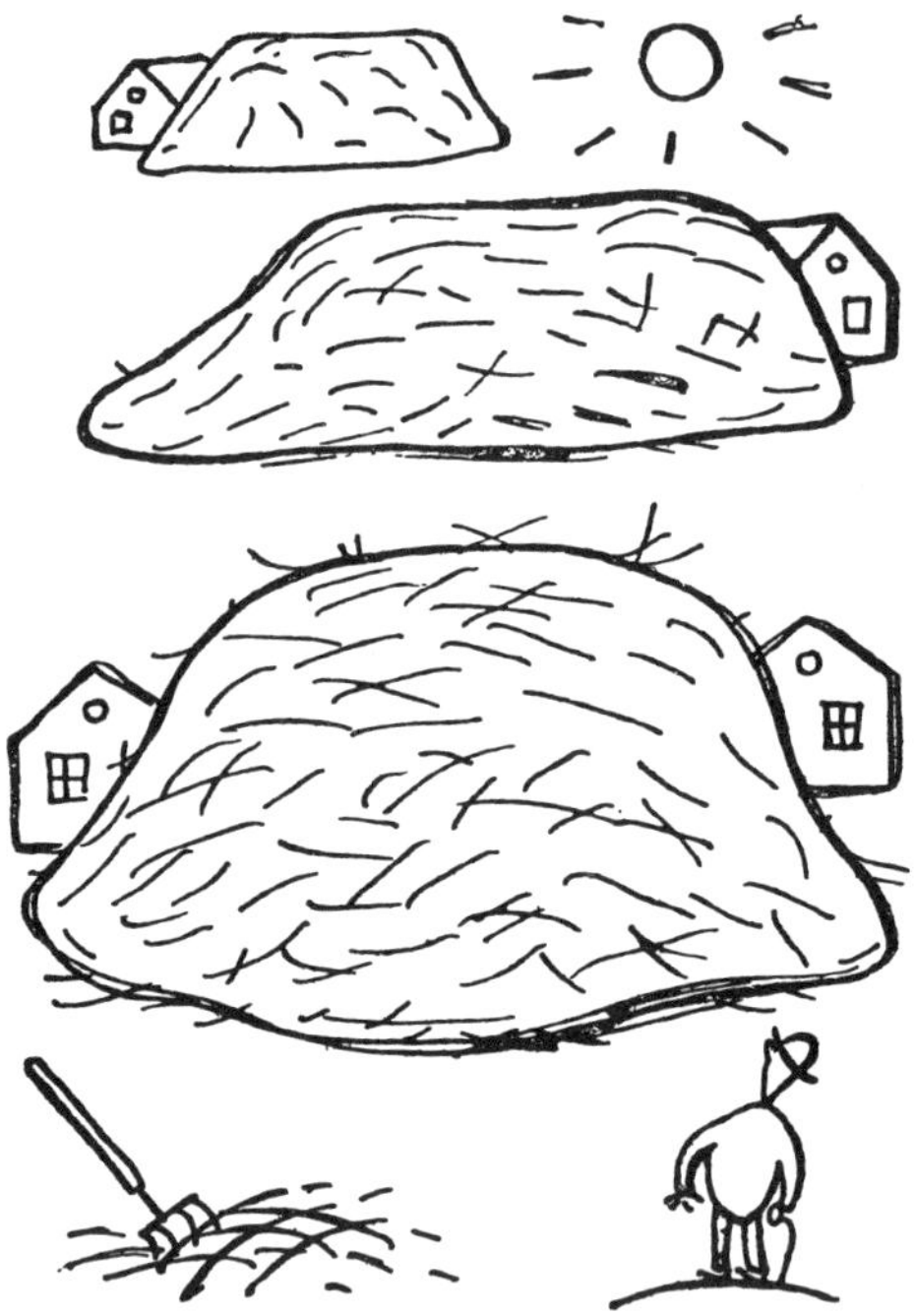

土に接種してやることもできる。大学や薬局の助手さんのように、白衣を着て、土を耕すこともできる。

町の園芸家のみなさん、あなたがたは、なんでもすることができる。しかし、農家の庭にある大きな褐色の堆肥の山を想像なさるなら——。

だが、お知らせしておくと、スノードロップはもう咲いている。黄色の小さな星をたくさんつけたマンサクも咲いているし、ヘリボー〔クリスマスローズの一種〕は大きな蕾をつけている。そして、ちゃんと注意して見れば（その場合、息を殺さなければいけないが）、ほとんどいたるところに、蕾と芽が発見できるのだ。無数のひそやかな鼓動をひびかせながら、生命が大地を押しわけて頭をのぞかせている。

われわれ園芸家は、もはやじっとしていられない。もはや、われわれは、あらたな生命のみなぎりの中へと突進しているのである。

園芸家のわざ

出来あがった庭という作品を、ただ遠くからぼんやり見ていたころは、園芸家とは、特別に詩的で繊細な心を持ち、鳥の歌に耳をかたむけながら、花の香《か》を育てる人だと考えていた。現在、ことをずっと近くから見るようになると、真の素人園芸家〔原義は「非職業的な園芸家」〕は、花を育てる人間ではないことに気がついた。素人園芸家とは、土を育てる男なのである。土を掘り返すことに専念し、地上のものを眺めることは、われわれ、ぽかんと口をあけているろくでなしにまかせている、そんな生物だ。

彼は地中に埋もれて生活している。堆肥の山の中に、自身の記念碑を建てている。もし彼が、エデンの園に行ったなら、陶酔してあたりを嗅《か》ぎまわり、こう言うだろう。

「ここには、あなた、りっぱな黒土がありますね!」

そして、善悪いずれを見分ける知恵の木の実を食べることさえ忘れてしまい、どうしたら楽園の黒土を小車にいっぱい、神様の目を盗んで外へはこび出せるか、あたりの様子をうかがうことだろう。さもなければ、善悪の知恵の木が、そのまわりの地面にきれいにできたお椀形の縁《ふち》どり花壇を持っていないのに気がつき、せっせとそこの土に肥料をやりはじめ、頭の上に何がぶらさがっているかさえわからない。

「アダムよ、どこだ?」

神様が呼ぶ。

「すぐに行きます」園芸家は肩ごしにそう答えるかもしれない。「今、手がはなせないんです」

そして、縁どり花壇をつくる仕事をつづけるだろう。

園芸家という人種が、天地創造の最初から自然淘汰によって生まれてきたとしたら、明らかにある種の無脊椎《せきつい》動物に進化したことだろうに。いったい、なんのために、園芸家は背中を持っているのか？　時どき曲げた腰をまっすぐにのばし、「背中が痛い！」とぼやく、ただそれだけのためのように思われる。

足はというと、ありとあらゆる曲げ方をしている。しゃがんだり、ひざまずいたり、なんとか両足を体の下に押し込み、ついには首にくっつけたりする。

指は土に穴をあけるのによい小さな棒であり、手のひらは土のかたまりを砕いたり、黒土を取り分けるのに都合がよく、一方、頭はパイプをぶらさげるのに役に立つ。

ただ、背骨だけは頑固な代物のままで、園芸家が適当に曲げようとしても無駄である。庭にいるミミズにも、背骨はない。

素人園芸家は、ふつう、尻の上で終わっている。足と手は横に広げられており、頭は、草を食《は》んでいる牝馬《めす》のように、両ひざのあいだのどこかにある。

園芸家は、「たとえ一インチでもいいから身長を高く」したいというようなことは望まない。それどころか、自分の体を半分に折り曲げ、しゃがみ込み、あらゆる可能な方法で背をちぢめようとする。ごらんになるように、身長一メートルを越える園芸家は、めったにいない。

土の出来のよしあしは、一つには、さまざ

まな耕し方、つまり、掘り返し、裏返し、埋め、砕き、平らにならし、ととのえることにかかっており、もう一つには、肥料のやり方による。どんなプディングのつくり方も、園芸用の土の調合ほど複雑ではない。

　わたしが知るかぎり、土の中には、次のような多種多様のものが投入される——糞尿、厩肥《きゅうひ》、糞化石《グアーノ》、腐葉土、芝草土、耕土、砂、わら、石灰、カイニット〔加里塩〕、トーマス燐肥、ベビーパウダー、チリ硝石《しょうせき》、角粉《かくふん》、過燐《かりん》酸《さん》石灰、ごみ屑、牛糞、灰、泥炭、堆肥、水、ビール、パイプタバコの燃えかす、マッチの燃えかす、死んだ猫、その他多くの物質。それらすべてが、たえずまぜられ、鋤《す》き込まれ、土の味を増す。

すでに述べたように、園芸家はバラの香りを愛《め》でる人間ではなく、「この土はもう少し石灰をほしがってる」とか、この土は重い(鯉の仲間みたいだ、と園芸家は言うのだが)から「もっと砂をほしがってる」だろうとか、そんな想像につきまとわれている人間なのである。

今や、園芸は、一種の科学的行為になっている。今日《こんにち》では、乙女はたんに「わが家の窓辺に咲くバラの花」とうたってはならないだろう。むしろ、「わが家の窓下にチリ硝石とブナの木灰を、きちんと撒《ま》かねばなりません、こまかな切りわら丹念にまぜて」とうたうべきだろう。

バラの花は、いわばディレッタントのため

にしか存在しない。園芸家の喜びは、もっと深く、大地の胎内に根ざしている。死んだあと生まれ変わったら、素人園芸家は、花の香に酔い痴れるチョウにはならず、ミミズになって、暗く、窒素を含んで香り高い大地の歓喜のすべてを味わうのだ。

さて、春になると、素人園芸家たちは、言わばどうしようもなく、誘惑に負けて自分の庭に出る。食事のスプーンを置くやいなや、もうそれぞれ庭の花壇の中で、すばらしい青空に向かって尻をつき出し、仕事をしている。

こちらでは、あたたかい土くれを指につかんでもみつぶし、こちらでは風化してぼろぼろになった貴重な去年の堆肥の一部を、あちこちの根もとに押し込んでいる。あそこでは雑草を抜き、ここでは石ころを拾っている。今、イチゴのまわりの土を掻きならしているかと思うと、しばらくあとには、何本かのレタスの苗の上に、鼻を地面につけんばかりにかがみ込み、根っこのかぼそい巻き毛を、いとしげにくすぐる。

こんな姿勢で園芸家たちは春を楽しむのだが、一方、彼らの尻の上では、太陽が輝かしい軌道を描き、白雲が流れ、天空の鳥たちはつがいをつくる。すでにサクランボの蕾はほころび、若芽は甘いもろさを匂わせてのび、クロウタドリは狂ったようにさえずる。このときに、真正の素人園芸家は、頭をあげて腰をのばし、憂鬱げに言う。

「秋になったら、たっぷり肥料をやって、少し砂を入れよう」

しかし、素人園芸家が立ち上がり、自分の背の高さいっぱいに身長をのばす瞬間がある。それは、午後のある時間、自分の庭に洗礼の秘蹟をほどこす場合だ。そのときになると、園芸家はまっすぐに、威厳をたたえて立ち、給水栓の口から噴出する水を支配する。水は銀色の音高きシャワーとなって降りそそぐ。ゆたかな大地から、湿り気をおびた香り高き息がただよい、小さな葉の一枚一枚が、まさに深い緑になり、食べてやりたいくらい喜んで、きらきら輝く。

「さあ、これで十分だ」

園芸家は幸せそうにつぶやく。彼がそう言ったのは、泡立つように蕾をつけたサクランボや、赤紫のスグリのことを考えているからではない。大地を形成する茶褐色の土のことなのである。

そして日が沈むとき、最高に満足して園芸家は言う。

「きょうは、よく頑張ったなあ!」

園芸家の三月

真実と古来の経験に従って、園芸家の三月を描写しなければならないとしたら、まず、なによりも、二つのことを注意深く区別しなければならない。

すなわち、(A)園芸家がしなければならないこと、また、したいと望むこと。および、
(B)園芸家がそれ以上はすることができず、現実にそこまでしかやれぬこと。

(A)園芸家は、熱烈に、かつ真剣に、仕事をしたいと思っている。それは、それ自体、当然なことだ。彼がやりたいと望んでいるのは、ただこんなことだけである——寒さよけのそだを取りはずし、草花が見えるようにし、土を耕し、肥料を与え、鋤き返し、掘り返し、土をこまかくし、掻きならし、平らにし、水をやり、繁殖させ、挿し木を

し、剪定《せんてい》し、植えつけ、植え替え、支柱にしばりつけ、水をまき、追肥をし、除草し、枯れたものは補充し、種をまき、掃除をし、刈り込み、スズメやクロウタドリを追っ払い、土の香りを嗅《か》ぎ、余分な芽を指で抜き取り、花を開いたスノードロップに喜び、汗をぬぐい、腰をいっぱいにのばし、オオカミのように食らい、ウワバミのように飲み、鋤《すき》をかかえて床にはいり、ヒバリとともに起き、お日さまと天の恵みの露《つゆ》をあがめ、固い蕾に手を触れ、今年初めてできた春のまめとたこを手のひらに育て、全般的に大らかに、豊かに陽気に、本職の園芸家にならって生活すること。

(B)　ところが、そのかわりに園芸家は、土がまだずっと、さもなければふたたび、凍っていると悪態をつき、檻《おり》の中にとじ込められたライオンのように家の中で荒れ狂う。庭に雪が降ると鼻かぜを引いてストーヴにかじりつき、歯医者に行く必要があったり、裁判所の審理に出席しなければならなかったり、おばさんやひこ孫や、悪魔のようなおばあさんの訪問を受けたりする。ありとあらゆる災難、運命の打撃、事件、不都合が、まるでしめし合わせたように三月という月に一度にやって来て、それに追いまくられ、一日また一日と、時間を浪費してしまう。というのは、わかっていただきたいが、「三月は、春のおとずれの準備をしなければならない庭にとって、いちばん熱心に仕事をしなければならない月」なのだから。

そうだ、園芸家になって初めて、あのいささか手垢《てあか》のついた文句、たとえば「苛酷な寒さ」とか、「常習犯的な北風」とか、「頑固な霜」とか、その他の似たような詩的毒舌の価値を知る。それどころか、園芸家は、自分ではもっと詩的な表現を用い、「今年の冬は、畜生じみて、いまいましく、呪わしく、汚なく、罰あたりで、悪魔的だ」などと言う。詩人とちがって園芸家は、ただ北風にばかりでなく、悪意にみちた東風にも悪態をつく。

湿っぽく冷たい吹雪よりも、ひそかに忍び寄る陰険な黒霜のほうを、もっとののしる。彼は、「春の攻撃を冬が防御している」というような、比喩的な言明を好む。そして、この戦いに助太刀して、横暴な冬をこらしめて打ち負かすことができないのを、非常な屈辱と感じる。冬に立ち向かい、シャベルか鍬か、銃か矛槍《ほこやり》〔西洋中世の武器〕で攻撃できるなら、鬨《とき》の声をあげ、身がまえして戦いに参加するだろうに。だが、毎晩ラジオの前で、国立気象研究所発表の戦況ニュースを待ちかまえ、スカンディナヴィ

ア上空の高気圧圏とか、アイスランド上空の深い乱気流に対して、冒瀆の言葉をあびせかける以外には手の打ちようがない。なぜなら、われわれ園芸家は、風はどこから吹いてくるのか、心得ているのだから。

われわれ園芸家にとって、気象についての民間伝承も、まさに真実を言いあてている。われわれは「聖マタイ〔新約聖書の福音書を記録した一人〕が氷を割る」〔二月二十四日ごろから、春のきざしが現われることを言う〕と今でも信じているし、聖マタイがそれをしないなら、天国のまさかり使いである聖ヨゼフ〔三月十九日が縁日〕が氷を割るものと期待している。

「三月、われらはストーヴの後ろにはいずり込む」ことを知っているし、三人の氷の男たち〔五月十二日から十四日ごろの寒い日をさし、三人の聖人――パンクラーツ、セルヴァーツ、ボニファーツと関係づけられている〕の話や、春分を、聖メダルドのケープ〔縁日の六月八日に雨が降ると、四十日降りつづくと言う〕を、さらにその他、同様な気象についての格言を信じている。そうした格言から明らかであるが、はるか昔から、人間は天候にふりまわされて、ひどい目にあってきたのだ。

だから、次のようなことを言われても、なにも不思議がることはないだろう――すなわち、「五月一日の雪は、屋根の上でとける」とか、「聖ネポムク〔ヤン・ネポムツキー。一三九三年三月二十日、溺死刑。欧州各地に伝説あり。記念日は五月十六日〕の日は、鼻も手も凍る」とか、「聖ペテロと聖パウロのころ〔六月二十九日前後〕は、ショールにわが身をつつもう」とか、「キリルの日、メトディウスの日〔キリスト教伝道師兄弟の記念日。七月五日〕には、泉の水が凍る」とか、「聖ヴァーツラフの日〔九月二十八日〕には、一つの冬が過ぎ去り、別の冬がもうやって来る」

要するに、気象についての民間伝承は、大部分、われわれに、不幸なことや憂鬱なことを知らせている。それにもかかわらず、知ってほしいのは、天気についてのこれらのひどい経験にもめげず、行く年も来る年も、春を歓迎し祝う園芸家が存在することは、人類の不滅で奇蹟的な楽天主義の証拠なのである。

＊

園芸家になった人間は、経験を積んだ古老たちを好んで捜しまわる。もう年輩で、いくぶんボケ加減の人たちで、毎年、春になると、こんな春は記憶にない、と口癖のように言う。寒いと、こんなに寒い春は記憶にない、と断言する。

「そうだな、一度、六十年も昔になるが、とてもあたたかくて、聖燭節《キャンドルマス》〔二月二日、聖母マリアの清めの日〕にスミレが咲いたことがあったな」

それとは逆に、少しあたたかいと、古老たちは、こんなにあたたかい春は記憶にない、と主張する。

〔挿絵中の暦には三月二十五日と描かれてあるが、本文との関連はない。おそらく、この文章が新聞に掲載された日付であろう〕

「そうだな、一度、六十年も昔になるが、聖ヨゼフの日〔三月十九日〕にそりに乗って遊んだことがあったな」

要するに、経験を積んだ古老たちの証言からも明らかだが、天候に関しては、わが風土では自然の勝手気ままが支配していて、それに対して、われわれは、まったく手のほどこしようがない。

そうだ、手のほどこしようがない。今は、三月半ばだ。それなのに、凍《い》てついた庭には、まだ雪が積もっている。

神よ、園芸家の花たちに、お恵みを！

園芸家がお互いに相手を見分けるのは、匂いに頼るのか、なにか合い言葉があるのか、秘密の合図によるのか、その謎は明かせない。しかし、劇場のロビーにせよ、お茶会の席にせよ、歯医者の待合い室にせよ、逢うとすぐにお互いを見分けるのは事実である。

知り合いになる最初の言葉で、天候についての意見を交換する（「いやもう、あなた、こんな春は、まったく記憶にありませんよ」)。それにつづいて、湿度の問題、ダリアのこと、人工肥料のこと、オランダユリのこと(「いまいましい、ほんとうに、なんという名前なんだろう、まあどうでもいいや、わたしがその球根をあなたにさしあげましょう」)、イチゴのこと、アメリカの園芸カタログのこと、今年の冬がもたらした損害のこと、アブラムシや、アスターや、さらにその他の話題になる。

たとえば、劇場の廊下に、一見、タキシード姿の男が二人いるように見えるとする。だが、より深い、真の現実において、そこにいるのは、シャベルとかじょうろを持った二人の園芸家なのである。

＊

時計が動かなくなったら、まず分解してみて、それから時計屋へ持って行く。自動車が動かなくなったら、ボンネットを上げ、その中に指を突っ込み、それから修理工を呼ぶ。この世のあらゆるものは、なにかしらの処置が可能だ。どんなものでも管理し、修正することができるのだが、こと天候に関しては、なんとも手の打ちようがない。いかなる熱意をもってしても、誇大妄想になろうとも、どれほど新しもの好きで、詮索好きであっても、どんなに悪態をついても、こればかりはなんの役にも立たない。芽が出て、蕾が開いてくるのは、それは時がみち、自然の法則にかなうからだ。そこで、謙虚に人間の無力さをさとる。「忍耐こそ知恵の母」ということが理解できる。

そのほかには、どうしようもない。

芽

本日、三月三十日、午前十時に、わたしの目のとどかないところで、レンギョウの開花がはじまった。

三日間わたしは、小さな黄金の豆さやに似た、いちばん大きな芽を、ずっと見張って、この歴史的瞬間をのがすまいとしていた。その瞬間は、雨が降るかと思ってわたしが空を見ているあいだにやって来た。明日はもう、レンギョウの枝が、金の星をちりばめたようになるだろう。それを引きとめることはできない。

いちばん急いで咲いたのは、もちろん、ライラックだった。気がつかないうちに、やわらかくかよわい小さな葉をいっぱいにつけていた。ライラックは、きみ、とても見張ってはいられないよ。キンスグリも、すでにぎざぎざのひだがついた襟を広げている。しかし、ほかの灌木や樹木はまだ、地中から、あるいは、空から発せられる「始め！」という号令のようなものを待っている。その号令がかかった瞬間に、すべてが一気に芽ぶいて、春の開幕となる。

　このような芽ぶきは、われわれ人間が「自然の進行」と呼んでいる現象に属する。ただし、芽ぶきは、ほんとうの行進だ。腐敗も自然の進行だが、われわれにきれいな行進曲《マーチ》を思い出させはしない。わたしは、腐敗の進行に寄せる「行進の譜《テンポ・ディ・マルチア》」のようなものを作曲したいとは思わない。

　しかし、わたしが音楽家だったら、「芽たちの行進曲」をつくるだろう。まず最初に、軽快なマーチにのせて、ライラック大隊を出発させる。次に、スグリ小隊が行進にはいる。そこに、ナシとサクランボのもっと重々しい隊列が加わる。その一方で、若草たちが、それぞれさまざまな弦をかき鳴らし、響かせるだろう。そして、このオーケストラの伴奏に合わせて、よく訓練された芽たちの多数の連隊が、軍隊の観兵式のときによく言われるように、「隊伍堂々」と、長くつづいて前進して行くだろう。いち、に、いち、に。

　神よ、なんと、すばらしい行進だ！

　春になると、自然は緑一色になる、と言われる。しかしながら、まったくそうとも言えない。茶褐色やバラ色の芽で、赤くもなるからだ。暗い赤紫や、はにかんで赤味をおびた芽もある。ほかにも、褐色や、やにのように粘っこい芽もある。さらに牝《めす》ウサギの下腹の毛のように白っぽいものもあるが、スミレ色やブロンドや、さもなければ古びた皮のように黒ずんだものもある。いくつかの芽からは、とがったレースのようなものが突き出しているし、さらには、指に似たり、舌に似たり、乳首に似たりしているものもある。あるものは肉づきがよくてふくれ上がり、うぶ毛が生えて小犬のように丸っこい。あるものは先が硬くて細いひげのようになっていたり、あるものはふさふさしたしっぽのように開いている。

ほんとうに、芽は、葉や花と同じように奇妙で、多種多様である。それぞれの相違を見つけようとしたら、いつになっても満足できない。だが、相違を見つけたかったら、小さな土地を選ばなければならない。ベネショフ〔プラハの近郊四五キロほどの町〕まで、てくてく歩いて行っても、それで見える春の大きさは、わが家の庭にしゃがんで見るものに及ばない。

人は、まず立ち止まるべきだ。そうすれば、開かれたくちびると、ひそやかな視線、やわらかな指と、掲げられた武器、赤児の弱々しさと、生《せい》への不屈な意志の律動を目にするだろう。そしてそのとき、草木の芽たちの果てしなき行進の響きが、忍びやかに聞こえてくる。

そうか！　わたしがこれを書いているあいだに、あの神秘的な「始め！」という号令がかけられたらしい。朝のうちはまだ固い包帯につつまれていた芽が、かぼそい葉先を突き出し、レンギョウの小枝に金色の星が輝き、出来たてのナシの蕾が少しふくらみ、何の芽かわからぬが、先端に緑がかった金色の目を光らせている。粘っこい鱗片から若々しい緑がのび出し、ふっくらした芽が開きかけ、葉脈と葉のひだのこまかい線細工《フィリグラン》が押し合いへし合いしている。

はにかむ葉よ、恥ずかしがるな。たたみ込まれた扇を広げよ。うぶ毛につつまれて眠るものたちよ、背をのばせ。もはや出発の命令が与えられたのだ。

書かれざる行進曲のプレリュードよ、開始せよ！　金色の金管楽器よ、日に映えよ。響け、ティンパニ。吹き鳴らせ、フルート。無数のヴァイオリンたちよ、めいめいの音のしずくをまき散らせ。茶色と緑に萌える静かな庭が、凱旋の行進をはじめたのだから。

園芸家の四月

四月、今こそまさに、恵みにみちた園芸家の月だ。

聖なる五月になったら、恋人たちに木蔭をまかせておけばよい。五月には、ただ草木が花を咲かせるだけである。ところが、四月には、草木が芽ぶく。

この芽ばえや芽ぶき、蕾や芽のほころびは、まさに自然がつくりだす最大の驚異であることを知ってほしい。そのことについては、もうこれ以上、言葉は出せない。自分でしゃがんで、やわらかい土を、息をひそめながら、自分の指でほじくってみたまえ。その指は、ふんわりふくらんだ芽に触れる。これはもう、言葉で表現することはできない。キスについて、あるいは、その他、言葉で言い表わせない事柄があるのと同じように。

しかし、今はもう、そのかよわい芽のことを話しているのだが、どうしてそうなるか、誰にもわからないけれど、奇妙なほどよく起こることがある。

花壇に足を踏み入れて、小さな枯れ枝を拾おうとしたり、いやらしいタンポポを引っこ抜こうとすると、たいてい、地下のユリとかキンバイソウの芽を踏んづけてしまう。すると、足の下でパチンと音がし、恐ろしさと恥ずかしさで、体が化石のようになる。その瞬間には、自分がまるで化け物で、その蹄《ひづめ》の下には草も生えなくなるような気がする。さもなければ、細心の注意を払って、花壇の土を耕してみるが、その結果は、思ったとおりだ。つまり、芽を出している球根を鍬でざくっとやってしまうか、アネモネの芽をシャベルですっと切ってしまう。びくっとして後ろへさがると、咲いているプリムラを自分の足で踏みつぶすか、デルフィニウムの若芽を折ってしまう。用心して注意すればするほど、被害の範囲も大きくなる。

真の園芸家のもつ神秘的な、そして自然な確実さというものは、長年の経験を積んでやっと、会得できるものだ。真の園芸家は、神の与え給うところへ、どこへだろうと足を踏み入れるが、それでもなにひとつとして踏んづけない。たとえ踏んでも、それでも、なんともない。もっとも、これはただ、ついでの話にすぎない。

＊

　四月は芽ぶきだけではなく、植え付けの月でもある。熱心に、そう、猛烈な熱心さと、待ち遠しさをかかえて、あちこちのプロの園芸家にすでに苗を注文していた。そうした苗がなければ、もうそれ以上生きていられないほどの気持ちだ。素人園芸家の友人たちみんなに、根分けや枝分けをしてもらいに行くと約束していた。つまり、今持っているものでは、けっして満足していないわけだ。

そして、やがてある日のこと、百七十本もの苗や苗木が、わが家に集合し、土の中に植え込んでくれと望む。その瞬間になって、園芸家は、自分の庭をしげしげと見わたし、植える場所がどこにもないことを知り、たちまち心を沈ませる。

つまり、四月の園芸家とは、干からびかけた小さな苗を手にして、自分の庭を二十回も歩きまわり、まだなにも生えていない土が、一インチでもないかと探しまわる人間なのである。

「いや、ここはだめだ」と小さな声でつぶやく。「ここには、いまいましい菊がある。ここへ植えたら、フロックスの息の根を止めるだろう。ここには、ムシトリナデシコがある、悪魔にでもさらわれろ！　うむ、ここにはカンパニュラがはびこっていたな、ここのノコギリソウのところも場所はない――。いったい、どこへ植えたらいいんだ？　待てよ、ここはどうだ――いや、ここにはもうトリカブトがある。さもなきゃ、ここだ――でも、ここにはキジムシロがある。ここがいいかな、でもここは、ムラサキツユクサがいっぱいになっている。ここは――。ここからはいったい、何が芽を出すはずだったかな？　それを知りたいものだ。やあ、ここにちっぽけな場所があるな。待ってろよ、苗よ、すぐにベッドをつくってやるぞ。さあどうだ、どうかちゃんと育ってくれ」

そういうことだが、二日後に園芸家は、赤紫色に芽を出しているマツヨイグサの中に苗を植え込んでしまったことに気づく。

＊

園芸家という人種は、たしかに文化《クルトウラ》、すなわち耕作《クルトウラ》によって生まれてきたのであり、自然淘汰によるものではけっしてない。もし自然から生じたとしたら、見かけがちがったこと

だろう。しゃがまなくてもよいように、甲虫のような足を持っているだろうし、それに、翼も持っているだろう。一つには美しく見えるし、第二に自分の花壇の上を飛ぶことができるからだ。
　経験のない人には想像もつくまいが、足というものは、置き場がないと、どんなに邪魔になるものか、自分の体の下にたたみ込み、指を土の中に突っ込む必要があるときに

は、どんなに無駄な長さを持つものか、花壇をまたいで、しかも、そこにある除虫菊の細長い枕とか、芽を出しているオダマキを踏まずに、向こう側に足がとどくようにしなければならぬときには、どんなに短いものか。
　そうでなくて、吊り革にぶらさがって自分の栽培物の上をブランコのように行ったり来たりするとか、せめて自分の体が四本の手と、帽子をかぶった頭とだけでできていて、それ以上はなにもないとか、

またはカメラ用の三脚のように差し込み式で、のびちぢみする手足がついているとかだったらよいのだが。

だが園芸家は、外面的には、あなたがたほかの人たちと同じく不完全にできているので、自分のできるあらゆる芸当をやって見せるほかに手はない。片足のつま先で立ってバランスを取ろうとしたり、ロシアのツァールのバレエダンサーのように宙に浮かぼうとしたり、両足を四メートルの幅に広げようとしたり、チョウチョヤセキレイのように軽やかに歩こうとしてみたり、一平方インチの地面に体全体を押し込めようとしたり、傾斜する肉体に関するあらゆる法則に逆らって平衡を保とうとしたり、あらゆるところに手をとどかせながら、あらゆるものを避けようとし、それでもまだなおかつ、人に笑われまいと、ある程度の威厳を維持しようとつとめる。

もちろん、遠くからざっと見るときには、園芸家の尻以外にはなにも見えない。その他の部分、頭や両手や両足などは、ふつう、その下になっている。

＊

お尋ね、ありがとう、うちの家には、もうやたらにたくさん咲いていますよ。スイセン、ヒアシンス、それにアマリリスも。パンジーとワスレナグサ、サキシフラガ、ベンケイソウ、ハタザオに、ミヤマカラクサナズナと、サクラソウと、春咲きのヒース、それから、明日か、あさって、またなにか咲きますよ、まあ、のぞいてください。

＊

もちろん、誰でものぞくことができる。

「やあ、これはきれいなライラック色の花だな」とそんな俗人がおっしゃる。

それに対して、園芸家はいささか憤慨して言う。

「それは、ペトロカリス・ピレナイカ〔ピレネー山脈などの岩場に自生するアブラナ科の花〕です」

園芸家は名称にうるさいものだ。名をもたぬ花は、哲学者プラトン風に言えば、形而上学的なイデアをもたぬ花だ。要するに、そのような花は、真正で十分な価値をもつ現実性がない。名なしの花は、雑草である。

ラテン語名をもつ花は、どこか専門性の域に高められている。雑草のイラクサが花壇に出てきたら、「ウルティカ・ディオイカ」と書かれた名札を立ててやると、尊敬するような気分になってくる。それどころか、土をほぐしてやり、チリ硝石の追肥さえほどこすようになる。

園芸家と話をするときには、いつも、「このバラは、なんて名前ですか?」と尋ねたまえ。

「これは、ブルメーステル・ファン・トレですよ」

園芸家は楽しそうに言う。

「そして、これはマダム・クレール・モルディエです」

そして同時に、あなたがりっぱな、教養のある人だと正当に考えてくれる。花の名前を自分から言い出すような危険なことをしないように。たとえば、「ここにはみごとなハタザオが咲いてますね」などと口走ってはならない。そんなことをすると、園芸家がかんかんになって、「とんでもない、これはシーヴェレッキア・ボルンミュレリだ！」とあなたをどなりつける可能性があるからだ。それは、ほとんど同じものなのだが、名前は名前で大切なのだ。だから、わたしたち園芸家は、真正の名前に執着する。それゆえにわたしたちは、子供と、それからクロウタドリを憎む。連中は、立ててある名札を引き抜いて、ごっちゃにしてしまうからだ。

そこで、わたしたちが驚いて指さすような事態になる。

「ちょっと、見てくれよ、ここのキングサリは、まるでエーデルワイスみたいな花を咲かしてるよ——。きっと、そんな、地方的変種なんだろうな。これがキングサリであることは決定的なんだ、わたしが自分でつけた名札が、ここにあるんだからな」

祭典の日

……だが、わたしとしては、五月一日のメーデー、すなわち労働者の祭典を、意図的にことほぐのではなく、その日を、私有財産所有者の祭典の日として祝うつもりだ。

雨が降りさえしなければ、わたしは、しゃがみ込んでこの日を祝い、こう言うだろう。

「待ってろよ、わたしが、泥炭《ピート》を少し撒《ま》いてやるから。この脇芽を切ってやろう。もっと、地面の下へもぐり込みたいんだ、そうだね？」

すると、オーブリーシア〔ムラサキナズナの一種〕が、そうしたい、と言う。そこでこのわたしが、もっと深く土の中へ植え込んでやる。

この仕事のために、わたしの土には、わたしの汗と血がそそがれるのだ、まさに文字どおりに。なぜなら、小枝とか脇芽を切ろうとすると、ほとんどつねに、指を切るにきまっているから。たった一本の小枝でも、一本の脇芽でもそうなのだ。
庭をもっている人間は、言わば、私有財産の所有者になっている。つまり、その庭に育つのは、ただのバラではなく、彼のバラである。また、庭を眺めながら口をついて出るのは、サクランボの花が咲いていることではなく、彼のサクランボの花が咲いていることである。所有者になると、人間は、近隣の人たちと一定の相互友好関係をもつようになる。

たとえば、天候について――「もう雨は降ってもらいたくありませんね、おたがいにとって」とか、「いい具合のおしめりですね、おたがいにとって」とか言う。だが、それだけでなく、それに負けぬほど強い、一種の排他性をもつようになる。隣の木は、彼が所有する木とはちがって、まるでそだとほうきのようだ、ということを発見する。さもなければ、このマルメロは隣の庭にあるよりも、うちの庭に置いたほうがずっといいのに、などと考える。

そんなわけで、私有財産の所有が、たとえば天候に関してのように、一定の階級的・集団的利害関係を呼び起こすことはたしかだ。

しかし同様にたしかなのは、おそろしく強い、利己的、個人事業者的、所有者的本能を目ざめさせることである。人間が真理のために戦いにおもむくことは、疑いもない。だが、自分の庭のためなら、もっと自発的に、もっと猛烈に戦うことだろう。

何坪かの土地をもち、そこでなにかを栽培している人間は、たしかに、どこか保守的な生物になっている。なぜなら、何万年来の自然の法則にたよっているからだ。何をしようがかまわないが、どんな革命を起こしても、発芽の時期は早められないし、ライラックを五月以前に咲かすことはできない。そこで人間はかしこくなり、法則と慣習に従うようになる。

さあおまえ、アルプスキキョウよ、もっと深い床を掘ってやろう。労働だ！　この土いじりも、労働と呼んでいいだろう。よく聞いてほしいが、土いじりをしていると、背中とひざが過労ぎみになるから。だがそれは、労働が問題だからではなく、アルプスキキョウがかわいいからだ。あなたが労働をするのは、労働が美しいとか、高貴だとか、健康的だからというわけではない。労働をするのは、キキョウが花を咲かせ、ユキノシタが繁茂してクッションのようになるためだ。

なにかを祝いたかったら、この、自身の労働ではなく、キキョウとかユキノシタとか、自分が労働をする目的となっているものを祝わずにはいられないだろう。そして、新聞や雑誌の記事とか本を書くかわりに、織機《しょつき》とか旋盤《せんばん》の前に立っているとしたら、その仕事をしているのは、それが労働だからではなく、その代償にグリーンピース添えの燻製《くんせい》肉にありつきたいからか、さもなければ大勢の子供をかかえているから、そして生活していきたいからなのだ。

それゆえに、きょう祝うべきものは、グリーンピース添えの燻製肉や、子供たちや、生活、自分の労働の代償として買うもの、自分の労働で支払うすべてのものだろう。または、自分の労働でなし遂げたものを祝うべきだろう。

道路工夫は、ただ自分の労働だけでなく、その労働から生まれた道路を祝うべきだ。織物工たちは、労働者の祭典の日メーデーには、自分たちが機械から織り出した、何キロメートルにもなる綾《あや》織り綿布や粗《あら》織り綿布を、まず祝うべきだろう。

この日は労働の祭典と呼ばれ、成果の祭典とはけっして呼ばれない。けれども人間は、自分が労働したということよりも、むしろ自分がなし遂げたことに誇りをもつべきだろう。

かつてわたしは、故トルストイ〔ロシアの文豪。一八二八～一九一〇〕を訪問したある人物〔T・G・マサリク（一八五〇～一九三七）のこと。チェコスロヴァキア共和国の初代大統領。チャペックと親交があった〕に、トルストイが自分で縫った靴はどんなだったか、聞いてみた。ひどく出来が悪かった、ということだ。労働をするなら、楽しいからか、能力があるからか、さもなければ、結局は生きるためにか、どれかの理由でするべきだ。ところが、主義のために靴を縫うこと、主義や美徳を意識して労働するのは、それほど価値のない労働をすることを意味する。

わたしは、労働の祭典が、労働を正当な目的で考えることのできる人たちが身につけている、あの人間的な腕のよさとあらゆる技能を、なによりもあがめることをもって本義とするものであることを期待したい。万国の器用人間たちと、名人たちを、この日、祝うようにすれば、きょうの一日は、とりわけ愉快にすごせることだろう。この日は、真正の祭典の日、人生の縁日、あらゆる正しき人びとの祭典の日になることだろう。

よろしい、しかしこの労働の祭典は、まじめできびしい日だ。なにも、そのことを気にしなさんな、春のフロックスのちっちゃい花よ、おまえの最初のバラ色のカップを、開いてみせておくれ。

園芸家の五月

ほら、耕したり、掘り返したり、植え付けや、剪定《せんてい》ばかり気にしていたので、園芸家にとって最高の喜びでありひそかな自慢であるもの、彼のロック・ガーデン、またはアルプス・ガーデンに、これまで話をもっていけなかった。

アルプス・ガーデンと呼ばれるのは、明らかに、この庭の一隅が、その育て主に、危険このうえもないアルプス登攀《とうはん》、ロッククライミングを敢行させるからだ。

たとえば、二つの岩のあいだの場所に、ちっちゃなチシマザクラを植えつけたかったら、いささかぐらついている岩の上に片足をそっとのせ、キバナクレスの小さなクッションや、花の咲いているムラサキナズナを踏み散らさぬように、もう片方の足を宙に浮かせてバランスを取らねばならない。

絵になるように積んではあるが、じつは座りのよくない自分のロック・ガーデンの岩のあいだで、なにかを植えたり、耕したり、ほじくったり、草を抜いたりするために、大股開き、ひざ曲げ、回転、停止、のけぞり、直立、跳躍、前屈、とっ組み合いや抱きつきなど、このうえなく男ましい運動をしなければならない。

ロック・ガーデンの作業は、このようにスリルのある、高度なスポーツであることがわかる。加えて、はかり知れない興奮と驚きがある。たとえば、三十センチもの目もくらむような高さの岩場に、白く気高いエーデルワイスとか、イワナデシコとか、その他の、どう言ったらよいか、高山植物の子供たちの花の群れを発見するときだ。

だが、この感動は、どう伝えられようか——。

これらのありとあらゆるミニチュアのカンパニュラ、ユキノシタ、ムシトリナデシコ、クワガタソウ、ノミノツヅリ、イヌナズナやマガリバナ、それに、アリッサムと、フロックス、(それに、チョウノスケソウ、エゾスズシロ、マキギヌ、ベンケイソウ)、それに、ラヴェンダーと、キジムシロと、アネモネと、カミツレと、ハタザオ、(それに、ジプソフィラと、ヘドライアントゥスと、さまざまなイブキジャコウソウ)、(それに、アイリス・プミラ、フデオトギリ、オレンジ色のミヤマコウゾリナ、ハンニチバナ、リンドウ、タカネミミナグサ、アルメリア、ウンラン)、(もちろん、アスター・アルピヌス、匍匐《ほふく》性のヨモギ類、アゲラタム、ユーホルビア、シャボンソウと、オランダフウロと、ミヤマカラクサナズナと、イチョウシダと、グンバイナズナ、エチオネーマ、さらにもちろん、キンギョソウ、アスター類、そのほか数知れぬあやに美しき花々、たとえばペトロカリス、リトスペルマム、アストラガルスなど、さらに劣らず重要な、たとえばサクラソウ、ミヤマスミレなども忘れてはならない)、ほかにもまだたくさんあるのだが、それは数に入れないでおくとして(とは言っても、その中で、せめてオノスマと、アカエナと、バヒアと、サギーナと、ケルレリアは、紹介しておく)、これらの花々を苦労して育てたことのない人には、この世の美しきものすべてについて語らせるわけにいかない。

なぜなら、そんな人は、この荒々しい地球が、やさしく愛情ゆたかな時期に(それは、わずか数十万年つづいただけだが)創造した、このうえなく優美なものを見たことがないのだから。もしあなたがたが、このうえなく美しいバラ色の花をちりばめた、ディアントゥス・ムサラエのそんな小さなクッションを見たとしたら――。

しかし、この感動は、どう伝えられようか。ロック・ガーデンの育て主だけが、この宗派でなければ味わえない歓喜を知っているのだから。

そうなのだ、なぜなら、ロック・ガーデンの育て主は、ただ園芸家であるだけでなく、収集家でもあり、したがって、重症のマニアの仲間にはいっている。あなたがたの庭にカンパニュラ・モレッティアーナが育ったのを見せてやりたまえ。夜陰に乗じて盗みにやって来る。そのためには、発砲ざたも人殺しも辞さない。なぜなら、その花なしでは、もはやこれ以上生きていられないからだ。その人物が、臆病すぎるか太りすぎるかしていて、盗みに来ることができない場合は、ほんの小さな苗でもいいからくれないかと、泣いて嘆願するだろう。ほら見ろ、そうなるのは、あなたががたがそんな人間の前で、自分の宝物を見せびらかして威張ったせいだ。

またはたまたま、園芸店で、なにか緑色の芽を出した、名札なしの植木鉢を見つける。

「ここにあるのは、いったい何？」と、店主の園芸家に気負った調子で聞く。

「これですか？」園芸家はまごつきながら言う。「これは、カンパニュラの仲間です。何だろうか、

わたし自身は知りませんが――」

「これをくれよ」マニアは冷淡さをよそおいながら言う。

「だめです」園芸家は言う。「これは売れませんよ」

「おやおや、いいかい」マニアは感情を込めて、口を切る。「わたしは、もうこんなに長いあいだ、あんたから買ってるじゃないか、考えてくれ。いったい、なんで、そんなことを言うんだ。どうだい、だめか？」

幾多の言辞をついやしたあとに、店を出たり、また、はいったりをくり返して、名札のない謎の植木鉢のところへ行き、それを手にしないかぎり、たとえその店のあたりを九週間うろつかざるをえなくても、絶対に引きさがらないことをはっきりと示す。

かくて、ロック・ガーデンの育て主は、収集家特有の、ありとあらゆる詭計《きけい》と強請を使いわけ、ついに神秘のカンパニュラを家に持ち帰り、自分の岩山のあいだに最適の床を選んでやり、限りなきやさしさを込めて植え付け、この貴重な鉢にふさわしいさまざまな注意を払って、毎日、灌水《かんすい》とスプレーを怠らずにいる。そしてカンパニュラは、まさに水から湧き出すように、どんどん成長する。

「ちょっと見てよ」得意顔の持ち主は、自分のお客たちに見せびらかす。「これは、珍しい種類のカンパニュラなんだぜ。まだ、誰もわからないんだ。どんな花が咲くのか、興味津々だよ」

「これが、カンパニュラだって？」客が聞く。「ワサビダイコンみたいな葉をしてるな」

「ワサビダイコンだなんて、とんでもない」持ち主は抗議する。「だって、ワサビダイコンはもっとずっと大きな葉をしてるし、こんなにつやつやしてないよ。これは、カンパニュラにきまってるさ。でも、これは新種《スペキエス・ノヴァ》の可能性がある」とへりくだってつけ加える。

豊富なお湿りを与えられるうち、くだんのカンパニュラは、目に見えてどんどん成長する。

「ちょっと見てよ」持ち主は示す。「あんたは、この前、これがワサビダイコンのような葉をしてる、と言ってたね。こんなにでっかい葉をしたワサビダイコンを、見たことがあるかい？　あんた、これはカンパニュラ・ギガンテアの一種さ。これは、お皿のような大輪の花を咲かせるだろうよ」

さて、ついにこのユニークなカンパニュラは、花梗《かこう》を出しはじめた。そして、その先には——。うーん、やっぱり、これはただのワサビダイコンだった。こんなものが園芸店のあの植木鉢に、どうしてまぎれ込んだのかは、悪魔のみぞ知る！

「ねえ」例の客が、しばらくたってから言う。「あのでっかいカンパニュラは、どこへやっ

たんだい？　花はまだ咲かないの？」

「それどころか、あれは枯れちゃったよ。おわかりだろうけど、あんなデリケートな貴重種はね――。あれは、なにかの雑種だったんだろうな」

＊

草花を用意するのは、まったくたいへんな苦労だ。三月には、園芸店の経営者はふつう、あなたが注文した品をまだ発送できない。霜があって、戸外で苗づくりはまだできないから。四月にも、同様に発送できない。注文が多すぎるから。そして、五月にも発送できない。もう大部分が品切れになっているから。

「プリムラはもう在庫がありません。しかし、お望みなら、そのかわりに、モウズイカをお送りします。これもやはり、黄色い花が咲きます」

だが、時には、注文した苗類が郵便で届くこともある。すばらしい！　この花壇のここに、ちょうどトリカブトとデルフィニウムのあいだに、かなり丈の高いものがなにか必要だ。そこへ、ハクセンを植えよう。これはディタニーとかフラクシネラとかとも言われている。送られてきた苗は、少しちっぽけだが、どんどん大きくなるだろう。

ひと月たち、苗はどうも大きくなりたがらない。丈の低い草のように見える。ハクセンで

なかったら、ディアントゥスだと言うかもしれない。大いに水をやって、成長させなければ。ほら、なにか、バラ色の花がついているぞ――。

「ちょっと、見てくれよ」素人園芸家は、経験のある客に示す。

「これは、ちっちゃいハクセンだね、そうだろう？」

「ディアントゥスと言いたいんだろう？」客は訂正する。

「もちろんだ、ディアントゥスだよ」主人は急いで言う。

「ぼくが、言いそこねたんだ。

たった今思いついたんだが、こんな背の高い多年草のあいだに植えるのは、ハクサンのほうがいいだろうな、そう思わないかね？」

＊

どの園芸の手引き書にも、「苗は種《たね》から育てるのがいちばんよい」と書いてある。しかし、「種に関する限り、自然には奇妙な癖がある」とは教えてくれない。だが、自然の法則によれば、あなたがまいた種は、一粒も芽を出さないか、または、いっさい区別なしに全部芽を出すか、どちらかである。

まず、こう考える――「この場所に、あの飾り花になるようなアザミ類を、たとえば、アザミか、オオヒレアザミかなにかがあったらいいだろうな」

そして、両方の種の袋を買い、それをまいて、種がきれいに芽を出すのを楽しみにする。しばらくすると、分植が必要になる。園芸家は、元気な苗を百六十鉢もかかえて悦に入る。こんなふうに、種から育てるのがいちばんよいのだ、と考える。

それからやがて、苗を地面に定植すべき時期がくる。だが、百六十本ものアザミを、どう処理したらよいのだ？　ひとつまみでも土があったところには、もう全部植え込んだが、まだ百三十本以上も残っている。もちろん、あんなに苦労して育てたのに、どうしてごみの中にほうり込めようか？

「お隣さん、アザミの実生苗《みしょう》は、いりませんか、何本か？　飾り花にいいですよ、どうです？」

「そうですね、いいですよ」

ありがたい、隣の旦那は三十本の苗を受け取り、今までごまごしながら、庭の中をあっちへ行ったり、こっちへ来たりして、どこへ植え込んだらいいか、場所を探しまわっている。そうだ、まだこちら側のお隣が、下の家と向かいの家が残っているぞ——。

神よ、彼らを助けたまえ、あの苗から、二メートルもある飾り花アザミが育つまで！

恵みの雨

われわれは誰でも、その体内に、なにか、先祖伝来の農民の血が流れているようだ。たとえ、窓辺でゼラニウムやカイソウ〔ハマユウに似た球根植物〕を育てていなくても、そうだ。日が一週間も照りつけると、心配そうに空を眺めはじめ、顔を合わすと、お互いに言い合う――。

「そろそろ、雨が降ってもいいころですね」

「そうですね」相手の、町の住人は言う。「先日、レトナー〔プラハ市北部の公園地帯〕に行ったんですが、もうたいへんな乾きようで、地面にひびがはいってましたよ」

「わたしは先日、汽車でコリーン〔プラハから五〇キロほど離れた町〕へ行きましたがね」と最初の男が言う。

「ひどく乾燥してるなと思いますよ」

「徹底的に降ってもらいたいものですな」相手は、ため息をつく。

「少なくとも、三日つづけて降るくらいにね」と、最初の男がつけ加える。

だが、そのあいだにも太陽は照りつけ、プラハはしだいに、熱せられた人間の体臭がにおいはじめ、市電の中は人いきれで不快な空気がむっとこもり、人びとは互いにいらいらして、なんとなく無愛想だ。

「そのうち、降るだろうと思うよ」と、汗まみれの人間が言う。

「いいかげんに、降ってもいいのに」と、相手がうめく。

「降るなら、せめて、一週間だな」最初の男が言う。「芝とか、あらゆるもののためにも、ね」

「ともかく、乾きすぎてますよ」相手が言う。

その間《かん》にも、炎熱の度はさらに強まり、大気中に緊張が生み出され、空には雷が発生するが、大地も人間も、少しも救われない。

だがそのうちに、地平線上にふたたび雷がとどろいて、湿っぽい風が吹きつけてくると、ようやく、やって来る。太い滝のような雨が敷石に打ちつけ、大地はまるで大きなため息をついているかのように唸り、水はざあざあと音を立て、太鼓を鳴らし、鞭打ち、窓を打ちつけてゆさぶり、千本もの指で軒《のき》をたたき、何本もの小川となって走り、水たまりの中でうるさくベルを鳴らす。

そうなると、人間は叫びたくなるほど喜び、窓の外へ頭を突き出して空からのお湿りで冷やそうとし、口笛を吹き、大声ではしゃぎ、街路に流れる黄色い濁流の中に裸足《はだし》で立ちたいと思う。

恵みの雨、ひんやりとした水の与える悦楽！　わが魂に水をあびせよ、わが心を洗え、きらめく冷たき露《つゆ》よ。もはやわたしは、暑さのために怒りっぽくなっていた。不機嫌になって、やる気がなくなっていた。怠けぐせがついて、重い気分に、鈍感に、場当たりに、そして利己的になっていた。わたしはからからに乾いて干からび、憂鬱な気分と不愉快さで息が詰まっていた。

ひびけ、渇《かわ》いた大地が雨のしずくに打たれるときの、銀鈴にもたとうべきキスの音《ね》よ。とどろけ、すべてを洗い清めて降りそそぐ水のヴェールよ。いかなる太陽の奇蹟も、恵みの雨の奇蹟とは、くらべものにならない。

走れ、濁れる水よ、大地の上を小川となって。わたしたちをとじ込める渇ける物質に水を与え、うるおせ。

ようやく、みんな、息を吹きかえした。草も、わたしも、土も、みんなが。これでようやく、いい気分になった。

ざあざあ降っていた雨が、手綱《たづな》を引かれたかのように、さっと引いた。大地は銀色の湯気をあげてきらきら光り、茂みの中でクロウタドリが鳴きはじめ、狂ったようにわめいている。わたしたちもわめきたくなるが、まずは、大気と土のさわやかな、ぱちぱちするような湿り気を吸い込むために、帽子もかぶらずに家の前へ出て行く。

「いい雨でしたね」と、お互いに言い合う。

「いい雨でした」と、わたしたちは言う。「でも、もっとたくさん降ればよかったのに」

「降ればよかったのに」と、わたしたちは答える。「だけど、あれだけでも、恵みの雨でしたね」

三十分もすると、長く細い糸のような雨がふたたび降ってくる。ほんとうに、静かな、よい雨だ。音もなく、広い範囲に多量の雨が降る。それはもはや、たたきつけ、はねをとばす滝のような雨ではない。軽やかな、おだやかな雨が、やさしくしとしとと降っている。ひそやかな露よ、きみのひとしずくたりとも、むだに降るのではない。

だが、やがて雨雲がさっと裂け、細い糸の群れを押しやって、太陽の光がさし込んでくる。糸の群れは分裂し、雨は姿を消して、大地はあたたかい湿った空気を吐き出す。

「ほんとうの五月の雨でしたね」わたしたちは互いに喜ぶ。「これで、きれいに一面の緑になりますね」

「もう少し、何しずくか、降ればねえ」わたしたちは言う。「そうすれば、十分なのに」

日光があまねく大地の上に腰を据え、湿った土からむっとするような汗が蒸気となって立ちのぼり、まるで温室の中のように、重苦しく息苦しくなる。やがて天空の一角に新しい雷が発生し、一陣の熱風が口にはいったかと思うと、大粒の雨が大地に落ちてきて、どこか別の方角から、ひんやりした雨を含む風が吹いてくる。湿っぽい大気の中にいると、まるで生ぬるいお湯につかっているように、体がすっかりだるくなる。こまかい水滴を呼吸しながら、雨水でできた小川をいくつも渡り、白と灰色の蒸気が雲となって、空に集積していくのを眺める。まるで全世界が、あたたかく、やわらかく、五月のにわか雨の中に溶けていきたがっているようだ。

「もっと降ればよかったのに」と、わたしたちは互いに言い合う。

園芸家の六月

六月は、主として、干し草づくりの季節だ。

だが、わたしたち都会の素人園芸家に関しては、どうか、朝露の結ぶ朝まだき、大鎌をたたき直し、それからシャツをはだけて民謡をうたいながら、大きく鎌を振って、きらきら光る草をさっさっと刈り取っていくのだ、などと想像なさらないでいただきたい。事態は、それとはいささか異なる様相を呈する。

まず、わたしたち園芸家が持ちたいと思っているのは、イギリス風の芝生で、ビリヤード台のように緑色で、カーペットのように目がつまった、完全な芝生、汚れなき草むら、ビロードのようにつややかな芝草、テーブルのように平らな草地なのだ。

さて、春になってわたしたちが観察すると、このイギリス風の芝生は、何カ所か、芝が禿《は》げて、タンポポ、クローバー、土、苔、それに、いくつかの固く黄ばんだ草のかたまりで出来あがっている。

で、まず除草しなければならない。それゆえ、その場にしゃがんで、さまざまな不快な雑草を芝生から抜き取ると、そのあとには、まるで煉瓦職人たちか、シマウマの一団か、その上で踊りまくったかと思われるような、荒れて、踏みにじられて、むき出しになった土が残される。それから水をやり、日を浴びて芽が出るにまかせる。そのあと、やはり刈り取らざるを得ない、と決心する。

経験のない園芸家は、こう決心したあと、用意して最寄りの町はずれに出かけ、草が食べつくされて丸裸になった境目のあたりで、サンザシの若芽か、テニスコートの網を食んでいる、やせこけたヤギを連れた老婆を見つける。

「おばあちゃん」園芸家は、愛想よく声をかける。「あんたのヤギにやる、上等の草がほしくないかね？　うちへ来れば、そのヤギにやる草を、好きなだけ刈ることができるんだがね」

「それで、いくらもらえるんですか？」老婆は、しばらく考えたあとで言う。

「二十コルナ〔コルナは、チェコの通貨単位〕だ」

　園芸家はそう言って家に帰り、ヤギ連れの老婆が鎌を持ってやって来るのを待つ。だが、老婆はやってこない。
　そこで園芸家は、鎌と砥石《といし》を買い込み、誰にも芝刈りはたのまない、自分の芝は自分で刈る、と宣言する。ところが、その鎌が、そんなにもなまくらなのか、都会の芝がそんなに固いのか、どうかわからないが、要するに、鎌がすべって、切れない。芝の茎の一本一本の先をつかんで引っ張り、その下のほうを鎌で力をこめて引き切る。その際、ふつうは根っこまで引き抜いてしまう。裁縫ばさみのほうが、ずっと速く、うまくいく。ついには、ちょん切ったり、むしったりして、やるだけのことをやり、自分の芝生を荒らしてしまうと、それでなんとか小さな刈り草の山がかきあつめられた。

そして、もう一度、ヤギ連れの老婆を捜しに出かける。

「おばあちゃん」蜜のように甘い声で話しかける。「あんたのヤギにやる刈り草を、ひと籠《かご》、わたしのところから持って来てやりたくはないかね？　上等な、きれいな刈り草なんだ――」

「それで、いくらもらえるんですか？」老婆は、少し長く考えたあとで言う。

「十コルナだ」園芸家は宣言し、家へ帰って、刈り草を取りにやってくるはずの老婆を待つ。こんな上等な刈り草を捨ててしまうのは、残念だ、そうじゃないか。

結局、その刈り草は清掃屋がひき受けてくれるが、一コルナもらわなきゃ、ということだ。「もちろんでさあ、大将」と清掃屋は言う。「そんなもんを、車に乗っけちゃいけねえんだから」

＊

もっと経験を積んだ園芸家は、あっさりと芝刈り機を買い込む。車がついていて、機関銃のような音を立てる機械だ。その機械を芝生のあちこちに走らせると、刈られた芝がそのまま舞い上がる。

じつを言うと、それがなんとも楽しみなのである。こんな芝刈り機がわが家にはいると、おじいちゃんから孫にいたるまで、家族のすべてが、誰が芝を刈るかについて争い、とっ組み合

いをする。よく茂った芝生を、ゴトゴト音を立てて刈り取るのは、とても楽しいことだ。

「こっちへよこしなさい」園芸家が要求する。「どうやるのか、わたしが教えてやるから」

そして、エンジニア兼農夫の物々しさで、芝生の上を走らせる。

「さあ、またやらせてよ」と二番目の家族がねだる。

「もう少しだ」園芸家は自分の権利を保持し、あら

ためて、ゴトゴトと音を立てて走らせはじめ、芝を刈って宙に舞い上がらせる。これが、初めての、晴れがましい草刈り行事である。

「なあ」しばらく時がたってから、園芸家は二番目の家族に話しかける。「芝刈り機で芝を刈りたくないか？　とても気分のいい仕事だぞ」

「わかってるよ」相手は、はっきりしない態度で答える。「だけど、ぼくはきょう、そんなひまがないんだ」

干し草づくりの時期は、よく知られているように、雷雨の季節である。

何日間か、天にも地にも、その気《け》がある。太陽は焼けつくようで、なんとも堪えがたく、地面は割れ、犬たちは悪臭を放つ。主人は心配そうに空を眺め、

雨が降るぞ、と口にする。そこへ、いわゆる凶雲がたれこめ、猛烈な風が吹きまくり、それとともに、埃《ほこり》と帽子と、もぎ取られた木の葉が駆り立てられて、とんで来る。

するとと園芸家は、髪をなびかせて庭に突撃する。だがそれは、ロマンチックな詩人のように、自然の猛威に立ち向かうためではけっしてない。風にゆらぐすべてのものを括《くく》りつけ、自分の道具類や椅子をはこび込むため、要するに、自然の猛威による災害に対処するためである。

デルフィニウムの茎を括ろうと、むなしく努力しているあいだに、最初の熱っぽい大粒なしずくが落ちてきて、一瞬、はっと息が止まる。そして、ゴロゴロピシャン！ すさまじい雷鳴のあとに、バケツをひっくり返したようなにわか雨が降りそそぐ。園芸家は軒下に逃げ込み、重たい気持ちをかかえ、雨と暴風の打撃を受けておののいている庭の様子を見つめる。そして最悪の事態になるとき、おぼれかかった子供を助ける男のように、ぐったりしたユリを括りつけようと、とび出す。

ああ、キリスト様、なんという水だ！ その中へ、雹《ひょう》がパラパラととび込み、地面をとびはね、泥水の流れにさらわれていく。そして、園芸家の心の中では、草花についての心配と、偉大な自然現象によって呼び起こされる恍惚感とが格闘する。

その後、雷鳴は遠ざかり、どしゃぶりは冷たい雨に変わり、しだいにこまかく弱い小雨になっていく。園芸家はひんやりとする庭に走り出て、砂に埋まった芝生を、折られたアイリスを、ずたずたになった花壇を、絶望的に眺める。その一方で、クロウタドリが最初の歌声をあげると、垣根ごしに隣人に呼びかける。

「やあ、もっと降ってもらいたいですね。木にとっては、少なすぎますな」

翌日、新聞は、天災とも言うべき豪雨のこと、とくに、収穫前の作物に与えた甚大な被害の状況を書き立てる。だが、ユリに重大な損害を与えたとか、オリエンタル・ポピーを潰滅させたとかは、とくになにも書いてない。わたしたち園芸家は、いつも相手にされないのだ。

＊

なにか御利益《ごりやく》があるのなら、園芸家は、毎日ひざまずいて、こんなふうにお祈りすることだろう。

「神様、毎日およそ午前零時から午前三時まで、雨をお降らしください、でももちろん、ゆっくりとあたたかく、地面によく滲《し》み込むことができますように。しかし同時に、ムシトリナデシコや、アリッサムや、ロック・ローズやラヴェンダー、そのほか、全知全能のあなたが、好乾性の植物としてご存じのものには、雨が降りかかりませんように――お望みでしたら、それらの名を一枚の紙に書いて、差しあげます。そして、太陽が一日じゅう照っていますように、ただし、あらゆる場所に、ではありません（たとえば、スパイレアや、リンドウや、ギボウシ、それに、シャクナゲには日が当たりませんように）。そして、あまり強く日が当たりすぎませんように。たっぷり露がおりますように、風は少なく、ミミズは十分に、アブラムシとナメクジは一匹もいませんように、ウドンコ病はご無用に、そして週に一度、うすめた水肥と鳩の糞《ふん》をお与えくださいますように、アーメン」

なぜなら、おわかりだろうが、エデンの楽園では、そうだったのだから。でなければ、エデンの園には、考えられぬほど、あんなに多くの植物が育ちはしないだろうに。

＊

「アブラムシ」という言葉を口にした以上、六月はまさに、アブラムシを退治すべき月だ、ということをつけ加えるべきだろう。

アブラムシ退治には、さまざまな粉末剤、調合薬剤、チンキ類、抽出物《ちゅうしゅつ》、煎剤《せんざい》、さらに忌避剤《きひ》、砒素剤《ひそ》、ニコチン剤、安石鹼《やすせっけん》の溶剤、その他の毒薬がある。

園芸家は、自分のバラの株に、樹液を吸ってふくれ上がった緑色のアブラムシが危険にも繁殖しているのを見るやいなや、もろもろの薬剤を、次から次へと使ってみる。一定の注意を払い、適当な範囲でこれらの薬剤を用いれば、あなたのバラは、このアブラムシ退治を、傷つけられることなく堪え抜くだろう。せいぜい、葉と蕾がいくらか焼ける程度だ。

アブラムシについて言えば、この退治をするあいだに、異常なまでに繁殖をつづけ、バラの小枝を、まるで目のつんだ刺繍のようにおおいつくす。そうなると――いやらしさに声をあげながら――つぎつぎに枝ごとアブラムシを押しつぶしてやることができる。

この方法でアブラムシは退治されるが、園芸家はその後も長いあいだ、タバコのエキスと、安石鹸のにおいを放つことになる。

野菜づくり

この啓蒙的な随想録を読んで、憤慨しながらこんなことを言う人たちが、きっといることだろう。

――どうしてだ、この男は、食えもしないアスパラガスの仲間のことばかりしゃべって、ニンジンや、キュウリや、コールラビや、ブロッコリー、カリフラワーやタマネギ、洋ネギも、さらにラディッシュのことも、それどころか、セロリやチャイヴやパセリのことさえ、いわんや、あのみごとなキャベツの球《たま》のことも、ひと言も言わないじゃないか！　この園芸家はどういう奴なのだ、半分はうぬぼれから、半分は無知から、栽培できるもっとも美しいもの、たとえば、レタスの畑を見逃しているなんて！

この非難に対して、わたしは、次のように答える。

——人生の数多い段階の一つで、わたしも、ニンジンや、ブロッコリーや、レタスや、コールラビの畑を、いくつか世話したことがある。それは一種のロマンチシズムからで、農民になるという幻想にふけりたかったのだ。ところが、ある時期になってわたしは、毎日百二十個のラディッシュをかじらなければならぬことがわかった。わが家ではもう、誰も食べたがらなくなったからである。その翌週には、ブロッコリーの洪水に見舞われ、つづいて、ひどい繊維質で木っぱのようなコールラビの大盤ぶるまいがやって来た。捨てないでもよいように、レタスを毎日三度三度くちゃくちゃ噛むのを強いられることが、何週間もあった。野菜づくりの人たちの喜びをそこねるつもりはけっしてない。しかし、自分でつくったものは、自分に食べさせるべきだ、ということで、もしわたしが、自分のバラをむさぼったり、スズランの花を賞味することを強いられたら、それらの花に対する尊敬の念を失うだろうとわたしは考える。ヤギが園芸家になる〔チェコには「ヤギを園芸家にする（猫にかつぶし）」という諺がある〕ことはできるだろうが、自分の庭をかじるために、園芸家がヤギになることは困難である。

それに加えて、わたしたち園芸家には、もう十分なほど敵がいる。スズメ、クロウタドリ、人間の子供たち、カタツムリ、ハサミムシ、それにアブラムシ。お尋ねしたいが、わたしたちは、さらにイモムシやケムシに対しても、敵意をもちはじめなければいけないのか？　モンシロチョウまで、わたしたちに敵対させねばならないのか？

いかなる市民でも、自分が一日だけ独裁者になったら、何をしでかすか、時には夢想する。わたしの場合には、その日のうちに、多くのことを命令し、制定し、禁止するだろう。その一つとして、わたしは、キイチゴ令とでも呼ばれるものを出したい。それは、違反者に対する右手切断という刑罰を前提に、「いかなる園芸家も垣根近くにキイチゴを植えるべからず」という命令である。

考えてもらいたいが、わが家のシャクナゲの茂みのまん中に、隣の庭からのびてきたキイチゴの、根絶不可能な地下茎が、突然芽を出したら、いったい、どういうことになるだろう？　問題のキイチゴは、何メートルも遠くまで地面の下を這っていく。垣根も塀も塹壕《ざんごう》も、それどころか鉄条網や警告の立て札も、キイチゴの行く手をさえぎることはできない。やがてその先端が、あなたのナデシコやマツヨイグサのまん中に這い出してくる。そこで、キイチゴと話をつけなきゃ！　キイチゴのすべての実が、アブラムシにたかられて苦《にが》くなったとしたら！　あなたのベッドのまん中に、キイチゴの芽が突き出てきたら！　あなたの体に、熟したキイチゴのように大きないぼがいくつも出てきたら！

しかし、あなたが、尊敬すべき、きちんとした園芸家であるなら、自分の家の垣根のそばに、キイチゴも、タデ類も、ヒマワリ類も、その他、いわば、あなたの隣人の私有財産を踏んでまわるような植物は植えないことだ。

自分の隣人を喜ばせたいと思うときは、垣根のそばにメロンを植えるとよい。

かつてわたしも経験した出来事だが、垣根のわが家の側に、隣の庭からメロンがのびてきて、実を一つつけたことがあった。それはとても大きく、聖書にある理想郷、カナンの土地のもののようで、まさに記録的だったので、わが家に出入りする出版者たち、作家たち、さらに大学教授たちまで、みんなの驚きを引き起こした。その人たちは、こんな巨大な果物が、いったい、どうやって垣根の杭《くい》のあいだを押しわけてこちらへ来ることができたのか、理解できなかった。

しばらくすると、件《くだん》のメロンがいささか無礼者のように見えはじめた。そこで、わたしたちは、そのメロンを切り取り、罰として、食べてしまったのである。

園芸家の七月

園芸家たちの経典によれば、七月はバラの芽接ぎをする。

ふつうは、こんなふうにやる——。

芽接《つ》ぎ用の元木《もとき》または台木《だいき》として野生のバラを、さらに多量の靭皮《じんぴ》繊維、そして、園芸用のナイフ、または剪定《せんてい》ナイフを準備する。

すべてが用意できたとき、園芸家はナイフの刃を親指の腹に当てて、切れ味をたしかめる。ナイフの切れ味が十分鋭ければ、親指は切り込まれて、裂けて血がにじんだ傷口がそこに残される。そのあとで、傷口には包帯が何メートルも巻かれ、それで、その指に、かなり大きな芽が出てくる。それがバラの芽接ぎと呼ばれるものだ。

手もとに野生のバラがないなら、ここに述べた親指の手術を、別の機会に、たとえば挿し木用の穂づくり、寄生根や花の終わった花梗《かこう》の切り取り、茂みの剪定などのときに実行することができる。

＊

こうしてバラの芽接ぎを終えると、園芸家は、花壇の中の乾いて固まった土を、もう一度やわらかくしなければならぬことに気がつく。

これは、およそ年に六回やるのだが、そのたびに園芸家は、土の中から、信じがたいほど大量の石や、その他のがらくたを掘り出す。きっと、この石ころは、なにかの種や卵から生まれるか、さもなければ、神秘的な大地の内部から、たえまなく地表へと登ってくるのだろう。おそらく大地は、この石ころを汗として放出するのかもしれない。

園芸用または耕作用の土、腐植土とか表土とも呼ばれる土は、一般に一定の成分から成り立っている。その成分とは——土壌、肥料、腐葉、泥炭、石、半リットルのグラス・ジョッキの破片、割れた皿、釘、針金、骨、フス派〔殉教者J・フス（一三七二？〜一四一五）にちなんだ勢力〕の使った矢、チョコレートの銀紙、煉瓦、古いコイン、古いタバコのパイプ、板ガラス、鏡、古い名札、ノリキ製の容器、ひも、ボタン、靴の底革、犬の糞《ふん》、石炭、壺の把手《とつて》、洗面器、ぞうきん、小さな罎《びん》、水差し、締め金、蹄鉄《ていてつ》、缶詰の空き缶、絶縁体、新聞紙の切れはし、などなど、数知れず。

園芸家は、鍬《くわ》を入れるたびに、自分の耕作する土地から掘り出されたものを見て驚くのだ。ことによると、そのうちに、わが家のチューリップの下から、アメリカ製のストーヴ、アッティラ大王〔五世紀の、フン族の指導者〕の墓、または、古代ギリシアの巫女《ふじょ》の予言集が発掘されるかもしれない。耕作《クルトウラ》、すなわち文化《クルトウラ》の土壌の内部には、ありとあらゆるものが見つけられるのだ。

＊

ところで、七月の主な心配は、なんといっても、庭への灌水《かんすい》と撒水《さんすい》である。園芸家がじょうろを使って水をやるときには、自動車の運転手がメーターをかぞえるように、その回数をかぞえる。

「うふ」と新記録達成者の誇りをもって宣言する。「きょうは、四十五杯も持ちはこんだぞ」

　おわかりになれたらと思うが――冷たい水が、乾ききった土にパラパラ、シュウシュウ、音を立てて降りそそぐとき、日暮れになるころ、心をこめた撒水で重たくなった花や葉がキラキラ光るとき、そして、庭じゅうがしっとりと息をつき、まるで、渇きに苦しむ巡礼が水を恵まれてほっとするのと同じ表情を見せるとき、いかに深い満足をおぼえることか――。

「ああ、ああ、うまかった」巡礼は、口ひげについた泡を拭いながら言う。「ひどい渇きでしたよ。ご主人、もう一杯ください！」

そこで園芸家は、この七月の渇きをいやすべく、もう一杯のじょうろを持ちはこぶために走って行く。
水道栓とホースを使えば、もちろん、もっと速く、ずっと大規模に灌水することができる。比較的短時間で、花壇ばかりでなく、芝生にも、午後のお茶を楽しんでいる隣の一家にも、路上の通行人にも、わが家の内部にも、わが家の全員にも、そしてとりわけ自分自身にも、たっぷり水を浴びせられる。
このように、水道栓からの灌水は、驚くべき力を発揮し、まるで機関銃のようだ。これを利用すれば、一瞬のうちに地面へ穴をうがち、多年草を刈り取り、木々の梢をもぎ取ることができる。とくに気分をさわやかにして

くれるのは、風に逆らってホースから水をまく場合である。これはまさに水療治《りょうじ》で、徹底的に水びたしになる。

さらに加えてホースというのは、いちばん予期していないところ、どこか、まん中のあたりに、自分で穴をあけるという、へんなクセをもっている。そこで、あなたの足もとには、長い水蛇がとぐろを巻き、吹き上げる水の後光のまっただ中に、あなたは水の神様のごとくお立ちになる。これは、人を圧倒する光景である。やがて肌まで水がしみ通ったとき、これで庭は十分だ、と満足げに宣言し、体を乾かしに行く。

その間《かん》、あなたの庭は「うふ」と言ったかと思うと、またたくまもなく、あなたの注水

を吸い込んで、ふたたび乾いてしまい、以前のような渇水状態になる。

＊

ドイツ哲学の主張によれば、手を加えられない現実は、ただ「かくあるもの」にすぎない。しかし、より高き、倫理的な秩序は、「ダス・ザイン＝ゾレンデ」、すなわち「かくあらねばならぬもの」なのである。

そこで園芸家は、とくに七月になると、この「より高き秩序」を、非常に高く評価する。どう「あらねばならぬ」か、よくわかっているからだ。

「雨が降らねばならぬ」

彼は園芸家らしい言い方で、そのことを表現する。

それは、一般に、こんなふうになる——。

いわゆる「生命のみなもと」とあがめられる日の光も、摂氏五〇度以上になるとき、芝生が黄ばみ、草花の葉が干からび、木々の小枝が渇きと高温のために力なくしおれるとき、大地がひび割れ、石のようにこちこちになり、熱い粉のようにこまかくくずれてしまうとき、きまって——

（一）園芸家のホースは破裂して、灌水できなくなる。

（二）水道施設に異常が発生して、水は少しも出なくなり、いわば天火《てんぴ》の中にいるような状態になる。しかも熱せられ、まっ赤になっている天火の中に、である。

このようなときには、園芸家が自分の汗で大地を湿らそうとしても、むだなことだ。たとえば、ほんの小さな芝生をうるおすために、どれくらい汗をかかねばならぬか、想像していただきたい。悪態をついても、呪っても、神を冒瀆《ぼうとく》する言辞を弄《ろう》しても、憤慨のあまり唾《つば》を吐いても、たとえ唾を吐くたびに（一滴の水分でも貴重なのだ！）庭へ走り出ても、いっさい、なんの役にも立たない。

そこで園芸家は、あの「より高き秩序」に避難場を求め、運命論者めいた調子で口癖のように言いはじめる——。雨が降らねばならぬ！

「で、今年は、どこへ避暑に行きますか？」

「そんなことよりもなによりも、ともかく、雨が降らねばならぬ」

「で、カレル・エングリシュ蔵相〔経済・財政学者、マサリク大学の初代学長。一八八〇〜一九六一〕の辞職をどう思いますか？」

「わたしは、雨が降らねばならぬ、と言ってるんですよ」

いいですか、あの美しい十一月の雨を、四日、五日、六日も冷たい糸のような雨がサラサラと音を立てて降るのを——。灰色の、湿っぽくて冷たく、靴の中にはいり込み、足もとでビシャビシャして、骨にまでしみ込んでくる、それを考えると——。

わたしが言ってるように、雨が降らねばならぬ。

*

バラとフロックス、ヘレニウムにコレオプシス、キスゲ、グラジオラス、カンパニュラとトリカブト、オオグルマと、イソツツジと、フランスギク——ありがたいことに、この悪条件なのに、まだかなりな花が咲いている。

つねに、なにかの花が咲き、つねに、なにかの花がしぼむ。つねに、しぼんだ花を切り取ろうとして、つぶやく（花に向かって、である。けっして、自分に向かってではない）。

「もう、おまえもこれまでだ、アーメン」

見てほしい、これらの草花を。まさに、女性のようだ。とても美しく、新鮮で、眼を奪われることだろう。とはいえ、けっしてその美しさを全部とらえているわけではない。つねに、ひっそりと、人目につかぬものがある。神よ、どの美しさもこんなに見あきることがないというのに。だが、しぼみはじめるやいなや、わたしにはわからないが、なにか、自身を投げやりにさせる（わたしは花のことを言っているのだ）。そして、乱暴な表現をするなら、まるで、ふしだらな女のように見える、と言いたい。なんと残念なことだ、わたしのかわいい美女よ（わたしは花のことを言っているのだ）。なんと残念なことだ、このように時がうつろうことは。美は過ぎ去りゆき、ただ園芸家のみがとどまる。

園芸家の秋は、すでに三月にはじまっている、しぼんだ最初のスノードロップとともに。

植物学小論

よく知られているように、植物《フローラ》は、氷河帯植物、草原地帯植物、寒帯植物、黒海地帯植物、地中海地帯植物、亜熱帯植物、湿地帯植物、などなど、いろいろな分類法がある。つまり、一つにはその起源により、一つにはそれが見つかり、繁茂している場所による。

さて、植物にある程度興味をおもちなら、カフェにはカフェの植物が、そしてまた、燻製《くんせい》食品店には別のものが繁茂していること、植物のある種《しゅ》ある属《ぞく》はどこそこの駅で、別のある種ある属は線路の番人小屋のところで、とくに元気がよいことに気がつく。詳細に比較して研究すれば、多くのことが証明されるだろう。

すなわち、カトリック教徒の窓辺には、非信者や進歩論者の窓辺とは異なる植物が繁茂しているし、一方、ファンシー・グッズを売る店のショーウィンドウには、実際に人工の花しか茂っていないこと、などなど。しかし、植物地誌は、現段階では、いわば、おむつが取れていない状態なので、はっきり限定され区別される、いくつかの植物グループについて述べるにとどめておこう。

一、**停車場植物**　二つに下位分類される。すなわち、プラットフォームの植物と、駅長さんの庭の植物。プラットフォームでは、籠に入れてぶら下げられるのがふつうだが、時には、壁の突き出しとか、駅の窓辺に茂る。とくに元気がいいのはキンレンカで、さらにロベリア、テンジクアオイ、ペチュニア、そしてベゴニアなど。比較的りっぱな駅では、時にドラセナがある。停車場植物の特徴は、花の色が非常にあざやかなことだ。駅長さんの庭は、植物学的にはそれほど珍しいというものはない。そこには、バラ、ワスレナグサ、パンジー、ロベリア、スイカズラ、その他、社会学的にほとんど差別されない種類のものが見られる。

二、**鉄道植物**　これは踏切り番の小屋の庭に生える。そこでは、とくに、ホリホックと呼ばれるベニタチアオイ、ヒマワリ、さらにキンレンカ、ツルバラ、ダリア、時にはアスターが見られる。ごらんのとおり、その大部分は、垣根ごしにのび出す植物だ。おそらく、そこを通って行く機関士たちを楽しませるためだろう。また野生の鉄道植物は、線路の土手に生える。それらは、とくにハンニチバナ、キンギョソウ、モウズイカ、タデ、トウバナ、イブキジャコウソウ、その他の鉄道種で構成されている。

三、肉屋植物　肉屋のショーウィンドウの中の、切り込まれた背肉、腰と脚の肉、小羊とサラミのあいだに生える。その種の数は、あまり多くないが、とくにアオキ、アスパラガス・スプレンゲリ、セレウス属のサボテン類、ヒゴタイなどである。燻製食品店では、また、アロカリアと、時にはサクラソウが鉢に植えられているのが見られる。

四、飲食店植物　この中には、門の前にある二本のキョウチクトウと、窓辺にあるハランをあげることができる。いわゆる家庭料理の店では、窓にシネラリアが置いてある。またレストランには、ドラセナ、フィロデンドロン、大きな観葉ベゴニア、多色コレウス、ラタニア、イチジクなど、つまり、かつて社交欄の記者たちが真実味のある言葉で、「一段高い貴賓席は、ゆたかな熱帯植物の緑の中に沈んでいた」と描写していた、あの種の植物まで成長する。カフェの中では、ハランしか育たない。そのかわり、カフェのテラスには、ロベリア、ペチュニア、ムラサキツユクサ、そればかりか、ゲッケイジュとキズタまで、びっしりと育っている。

わたしの知るかぎり、パン屋、銃砲店、自動車・農業機械店、金物店、毛皮店、紙屋、帽子屋、その他多くの商店では、なにも植物が育たない。役所の窓には、まったくなにもないか、または、赤か白のテンジクアオイがある。

概して、役所の植物は、職員または所長の意向と好みしだいだ。そればかりでなく、それは、ある種の伝統が決定する。

鉄道部門では色あざやかな植物がゆたかに茂るが、一方、郵便局と電信局では、絶対になにも生えない。自治体の役所のほうが、植物に関する面では、国家機関の役所よりも肥沃《ひよく》である。とくに税務署は、国の役所の中でも、完全な砂漠だ。

墓場《はかば》植物は、もちろん、それ自体、一つの植物学的なジャンルをなしている。それから、言うまでもなく、祭式植物がある。これは、有名人の胸像をつつむもので、その仲間には、キョウチクトウ、ゲッケイジュ、ヤシ、そして最悪の場合は、ハランなどがある。

窓用植物に関しては、二種類ある。貧乏人用と、金持ち用だ。貧しい人びとのところの植物のほうが、一般にすぐれている。おまけに、金持ちの植物は、避暑においでになっているあいだに、きまって枯れてしまう。

以上で、もちろん、さまざまな植物の発生地の植物学的な多様性のすべてを論じ尽くすにはほど遠い。

いつかたしかめたいと思うのは、どんな種類の人がフクシアを、どんな種類の人がトケイソウを育てるのか、どんな職業の人がサボテン人間になるのか、などなどのことである。あるいは、共産党植物とか、人民党植物などの特別なものが存在するか、または、想定できるかもしれない。

偉大なるかな、この世の豊かさ。それぞれの商売が、いや、それぞれの政党さえも、それ自身の植物《フローラ》を持ちうるであろう。

園芸家の八月

八月は、ふつう、家庭園芸家が、驚異にみちたわが家の庭を離れて、避暑の休暇に出かける時期である。

一年じゅう、園芸家は断固として、こう言いつづけていたのだが——。

「今年はどこへも出かけないぞ。わが家の庭にまさる避暑の場所はない。園芸家たる者、汽車でどこかへ出かけたり、いろんなくだらないことで苦労するほど馬鹿じゃないんだぞ」

にもかかわらず、夏がやって来ると、当の園芸家まで町から姿を消す。それは、移住本能が突然わき起こるのか、近所の人たちになにか言われないようにするためか、どちらかだ。もちろん、出かけるときは、自宅の庭について、不安と心配にみち、重い心をかかえている。そして、不在の期間中、わが庭を託すに足る友人か親戚か、誰か見つかるまでは、出かけられないのだ。

「まあ、ごらんのとおり」と園芸家は言う。「今はとにかく、庭でする仕事はなにもない。三日に一度、ただ見まわってくれるだけで十分だ。そして、なにかこれは変だということがあったら、葉書を書いてほしい。すぐ帰ってくるから。それじゃ、あなたを頼りにしてるよ。お話ししたように、ただ五分間ほど、にらんでくれればいいんだから」

そして、このように好意的な隣人の心にわが庭のことを十分にたたき込んで、園芸家は出かける。

ところが、この隣人は、翌日、手紙を受け取る。

「あなたに言うのを忘れましたが、庭には毎日水をやってください。いちばんよいのは、朝の五時か、夕方の七時ごろです。わけないことです。ただ水道栓にホースをつけて、一時間、水をやるだけです。お願いですが、針葉樹にはぜひ、全体に、十分に、たっぷり水をかけてください。芝生も同様です。雑草をどこかで見たら、抜いてください。以上です」

その翌日。

「おそろしく乾燥しています。お願いですが、シャクナゲの一本一本に、汲みおきの水をじょうろに二杯くらいずつ、針葉樹の一本一本に五杯ずつ、その他の木には四杯くらいずつ、

やってください。いま花を咲かせている多年草には、水がたっぷり必要です。それから、いまなにが咲いているか、折り返し知らせてくださいい。しぼんだ花の花梗《かこう》は、切り取らねばいけません！　花壇を全部、鍬で耕してくだされればよいのですが。そうすれば、土がもっとよく呼吸するようになります。バラにアブラムシがたかっていたら、ニコチン剤を買ってきて、露のおりているあいだか、雨のあとで、そのバラに霧吹きでかけてください。それ以上は、今のところ、してくださる必要はありません」

三日目。

「お話しするのを忘れていましたが、芝生を刈らなければいけません。あの機械でやれば、楽なものです。機械で刈り切れない分は、鋏《はさみ》を使って刈り取ってください。でも、ご注意を！　刈ったあとは、芝をよく掻き取って、それから、ほうきで掃かなければいけません。さもないと、芝生が禿げてしまう！　そして水をやる、水をたっぷりやること！」

四日目。

「嵐が近づいたら、どうか、うちの庭を見に、ひとっ走り、行ってください。激しいにわか雨は、時に損害を与えるので、その場に誰かがいると好都合です。バラにウドンコ病の兆しが見えたら、間に合うよう、朝露のうちに硫黄華《いおうか》をふりかけてください。丈の高い多年草を、風で折れぬように、支柱に括《くく》りつけてください。当地はすばらしく、キノコが出ていて、水浴もすてきです。わが家のまわりにからまっているツタに、毎日水をやるのを忘れないでください。あそこは乾いていますから。葉なしポピーの種を、一袋、取っておいてください。もう芝生は刈ってくださったことと存じます。ほかには、ハサミムシの駆除以外にはなにも必要ありません」

五日目。

「当地の森で採れた草花を、ひと箱送ります。いろいろなラン、野生のユリ、オキナグサ、ピロラ、ヒメムラサキ、アネモネ、その他です。箱を受け取りしだい、それを開けて、若苗

に水をやり、わが家の庭のどこか日陰のところに植えつけてください！　そして、泥炭と腐葉土をやってください！　すぐに植えつけて、一日三回、水をやること！　バラの寄生根を、どうか、切り取ってください！」

六日目。

「当地自生の草花を、ひと籠、速達で送ります……すぐにそれを地面におろしてください。夜中に懐中電灯を持って庭に行き、カタツムリを取っていただきたいものです。庭の中の小道の草を取ってくだされば、ありがたいのですが。わたしの庭の見張りに、それほどお手間もかからぬこと、庭で楽しい時間をおすごしいただくことを望みます」

一方、親切な隣人は、自分の責任を意識し、

水をやり、芝を刈り、土を耕し、雑草をむしり、送られてきた草花を手にして、いったい、どこへ植えようかと場所を探しまわる。頭のてっぺんから足のつま先まで汗まみれになり、泥水のはねをあび、恐怖心にかられながら観察する――。ここでなにか、しおれているぞ、あそこでは花梗が何本か折れているし、そこでは芝生が赤茶けてきて、庭全体がまるで焼けているようだ。

そして、いつのまにこんな面倒を引き受けてしまったのかと、時には呪いの言葉を口にしながら、親切な隣人は、早く秋になるようにと祈る。

一方、庭の持ち主は、自分の花と芝生のことを考えると心配で、ろくに眠れず、親切な

隣人が庭の状態についての報告を毎日書き送ってくれないのをののしりながら、家へ帰る日数をかぞえ、野生の花をひと箱と、切実な命令を一ダースほど指示した手紙を、毎日送りつける。

やがてようやく家へ帰ると、スーツケースを手にしたまま、自分の庭に駆け込み、目をうるませて見わたす――。

(この怠け者の、まぬけのブタ野郎め)。園芸家はにがにがしく思う。(わたしの大事な庭を台なしにしやがって!)

「どうもありがとう」

隣人にそっけなく言うと、あてつけがましくホースを握り、荒れた庭に水をまこうとする。

（この馬鹿たれめ）。園芸家は心中深く考える。（こんな奴に庭をまかせるなんて！　もう避暑に行くなんて無茶なことは、一生やるもんか！）

＊

野生の花のことなら、園芸マニアはそれらをなんとか地面から掘ってきて、自分の庭に組み入れようとする。もっと手に負えないのは、それ以外の大自然である。

「ちきしょうめ」園芸家は、マッターホルンや、ゲルラホフカ〔タトラ山脈中の一つ、二六五五メートル。チェコスロヴァキア共和国時代の最高峰〕を見上げる。

「この山が、もしうちの庭にあったとしたらなあ。それから、この巨木の原始林の一部と、この開墾地、そしてこの谷川か、あるいは、この湖のほうがいいかな。この豊かな牧草地も庭にあったらきれいだろうし、海岸も少しあったら、それに、こんなゴシック建築の僧院の廃墟もふさわしいだろう。あそこにある樹齢千年のリンデンの木もほしいし、この古代式の噴水も、うちの庭にあれば、大いに見ばえがするだろうな。鹿の一群か、あの羚羊《シャモア》〔かもしか〕が一頭か、せめて、このとても古いポプラ並木、あの岩場、この川、あのオークの木の茂みか、あの白っぽく青い滝か、せめて、この静かな緑の谷間はどうだろうな——」

　園芸家の望みをことごとく叶えてくれる悪魔と、なんとか契約が結べるならば、園芸家は悪魔に自分の魂を売り渡すことだろう。しかし、申しあげるが、あわれな悪魔は、その魂をいまいましいほどの高値で買い取ることになる。

「このずうずうしい野郎め」とうとう悪魔は音《ね》をあげるだろう。「こんなにあくせく働かされるくらいだったら、おまえなんか、天国にでも行ってしまえ。いずれおまえの落ち行く先は、ほかにはないんだから」

　そうして悪魔は怒って尻尾を振りまわし、サルビアや、マツバハルシャギクの花をなぎ倒しながら、勝手でわがままで、きりのない要望をかかえたままの園芸家をその場に置き去りにして、姿を消すことだろう。

＊

おわかりいただきたいが、わたしが話しているのは、庭園の園芸家のことで、果樹園や野菜の園芸家のことではない。果樹の専門家には、自分のつくるリンゴやナシを見て、にこにこしてもらえばよいし、野菜の専門家には、自分のつくるコールラビや、カボチャや、セロリのあり得ないほどの大きさを楽しんでもらえばよい。

真の園芸家は、骨の髄《ずい》まで、八月がすでに転換期であることを知っている。いま咲いている花は、すでにひたすらしぼむことを求めている。これからまだ、アスターとキクの花が咲く秋の季節がやってくるが、それが終われば、「おやすみなさい」だ！

だが、しかし、まだおまえ、輝くフロックス、牧師館の花よ、さらにおまえ、金色のノボロギク、金色のアキノキリンソウ、金色のルドベッキア、金色のハルパリウム、金色のヒマワリよ、おまえたちもわたしも、まだまだ負けないぞ、断じて！

一年じゅう春であり、一生、青春時代だ。つねになにかが咲いている。今は秋だと、ただそう言われているだけだ。

わたしたちはその間《かん》も、別の花を咲かせ、地下で成長しつづけ、新芽のもとをつくっている。つねになすべきことがある。ただ、両手をポケットに入れている怠け者たちだけが、事態は悪化する、と言っているのだ。だが、花を咲かせ実を結んでいるものは、たとえ十一月だったとしても、秋についてはなにも知らず、黄金の夏を知る。凋落《ちょうらく》ではなく、芽ぶきを知るのだ。

秋のアスターよ、親愛なる人よ、一年はかくも長く、果てしないものである。

サボテン栽培

わたしがその人たちのことを「宗派の徒」と呼ぶのは、その人たちが大きな熱意をもってサボテンを育てているからではない。たんにその状態だけなら、情熱家、物好き、またはマニアと呼ぶだけですむ。宗派の本質は、なにかを熱意をもってすることではなく、なにかを熱烈に信仰することにある。

サボテン派の信者たちの中には、大理石の粉を信仰する者がいるし、一方、別の信者は煉瓦の粉を、さらに別の連中は木炭を信仰する。水やりを、ある者は認め、ある者は拒否する。「真正のサボテン用土」には、いくつかのもっと深い秘訣があるが、たとえ車裂きの刑に処しても、サボテン信者は一人として、その秘訣をもらさない。

これらの宗派、宗規、宗典、学派、出自の正統性を守る人たちが、さらに野性的な、または隠者的なサボテン信者たちまで、それぞれの信ずる方法の助けを借りなければ、そんなに奇蹟的な結果は得られなかったと、誓って断言する。

――このサボテン、エキノカクタス・ミリオスティグマを見てください。こんなにみごとなエキノカクタス・ミリオスティグマを、どこか、誰かのところで見たことがありますか？　それじゃ、誰にも言わないという条件で、あなたにお話ししますよ。水をやってはいけません、ただ露を浴びさせるんです。そういうことです。

――なんだって！　もう一人のサボテン信者が叫ぶ。エキノカクタス・ミリオスティグマに露を浴びさせていいなんて、聞いたことのある人がいますか？　頭から風邪をひかせたいと思うんですか？　とんでもないですよ。あなたのエキノカクタスがそのまま腐るようにしたくなければ、ただこんなふうにすればいいんだ、週に一回、摂氏二三・七八九度のあたたかい軟水の中に、鉢に入れたまま置いて湿度を与える。そうすれば、まるでカブラのように育ちます。

――ああ、イエス・キリスト様、三人目のサボテン信者が叫ぶ。この人殺しをごらんあれ！　鉢を濡らしてしまったら、藻《も》で一面おおわれてしまうし、土が酸性になって、どうしようもなくなりますよ。そうです、どうしようもなくなるんだ。それに、あなたのエキノカクタス・ミリオスティグマが根腐《ぐさ》れしますよ。土を酸性にしたくなかったら、一日おきに、殺菌した水をやらなきゃいけない。それも、一立方センチの土に対して、空気よりも正確に〇・五度だけあたたかい水を〇・一一一一一グラムになるようにするんです。

——それから、三人のサボテン信者がみんな一斉にわめき出し、拳《こぶし》と、歯と、蹄《ひづめ》と、鋭い爪を武器にして、互いにわたり合う。だが、すでに世の常として、まことの真理は、そんな手段に訴えたところで、明らかにはされない。

＊

もちろん、サボテンが奇妙な情熱をそそぐのに値することは真理だ。それは、サボテンが神秘的だからである。バラは美しいが、神秘的ではない。神秘的な植物に属するのは、ユリ、リンドウ、キンシダ、知恵の木、いかにも樹齢をかさねていそうな老木、ある種のキノコ、マンダラゲ、ラン、氷河期の草花、毒草と薬草、スイレン、マツバギクの類い、それに、サボテンである。

その神秘性がどこにあるのか、それは、言わない。神秘性は、ありのまま認められるべきもので、それを発見する者は、おのずと、その前にぬかずくようになる。

たとえば、ウニや、キュウリ、ヒョウタン、燭台、ジョッキ、聖職者の法冠、ヘビの巣に似たもの、魚のうろこ、乳首、たてがみ、鋭い爪、いぼ、とげ、トルコのヤタガン剣、星におおわれたもの、丸いものやひょろ長いもの、槍騎兵の連隊のように多数の針で武装しているもの、サーベルを振りまわしている一隊のように鋭敏なもの、酔っぱらったようなもの、繊維質でしわのよったもの、発疹《はっしん》ができたようなもの、ひげもじゃのもの、短気なもの、むっつりしたもの、バリケードのようにとげとげしいもの、籠のように編まれたもの、おできや動物や武器に似たもの、がある。

サボテンは、天地創造の第三日目につくられた、それぞれ自分の種類に応じて種子を伝える、あらゆる植物の中でもっとも男らしい植物である（「わたしは狂ってるな」創造主である神は、自分のつくり出したものを不思議がって、そうおっしゃった）。

サボテンは、ふしだらにさわったり、キスをしたり、または胸に押しつけたりしなくても、愛することができる。サボテンは、親密さとかなんとか、そんな甘えに類することは、いっさい求めない。石のように固く、歯にいたるまで全身武装し、断じて降服しないという決意をもっている。

さっさと行け、白い顔のおまえたち、さもなければ、ちくりとやるぞ！

そんな小さなサボテンのコレクションは、小鬼の戦士たちの陣営を思わせる。この戦士の首や手を斬り落としてみたまえ。剣と短剣を振りまわしている新たな戦士が、そこからまた育ってくる。人生は戦いだ。

しかし、この手に負えぬ短気な強情者が、どうしてか、なにかを忘れて夢を見る不思議な瞬間がある。このとき、サボテンの中から花が、大きな輝く花が、聖職者のごとき花が、突き出された武器のあいだから咲き出てくる。これは大きな恩恵であり、貴重な出来事であり、誰もが出逢えることではない。申しあげておくが、母親としての誇りも、サボテンの花を咲かせたサボテン信者の得意さに比しては、まったく対抗できるものではない。

園芸家の九月

園芸家の立場から言えば、九月は九月なりのやり方があり、かけがえのない、すばらしい月である。

この月に、アキノキリンソウと、秋のアスターと、インドギクが咲くからだけでない。重くて人を驚かすダリアよ、おまえのためばかりでもない。

人を信じぬ人たちにも、わかってほしいが、九月は二度咲きの植物すべてにとって、選ばれた月である。二度目の花の月、ブドウの房のみのる月なのだ。そのすべてが、さらに深い意味にみちた、九月という月の神秘的な利点である。

そのすべてに加えて、この月はふたたび大地が開ける月で、ふたたびわたしたちは、植物を植えることができるのだ！　春になったら、植えつけるべきものは、いま土におろさなければならぬ。そのことは、わたしたち園芸家にとって、ふたたび育苗家のあいだを駆けまわり、それらの栽培状態を見、来春のために貴重な秘蔵品を選ぶチャンスでもある。さらに加えて、一年の周期の途中で、まさにプロの園芸家たちのところに立ち寄り、わたしの賛辞をささげる機会でもある。

偉大な園芸家もしくは栽培家は、ふつう、酒もタバコもやらず、ひと言で言えば、品行方正な人物と言える。歴史上、とんでもない犯罪だとか、戦争や政治上の功績によって有名になった人もいない。園芸家の名前は、なにか新種の、バラとか、ダリアとか、リンゴによって不滅のものとなる。この名誉――ふつうは無名か、さもなければ、ほかの名前の陰になっているが――だけで十分なのだ。

どういう自然のたわむれか、園芸家は、がっしりとした大男が多い。そのわけは多分、花のやさしく繊細な優雅さと好対照をなすように仕組まれたためだろう。さもなければ、自然がギリシア神話の豊饒《ほうじょう》の女神キュベレの姿とつりあうように、園芸家のゆたかな父性を示そうとしたのかもしれない。

実際、このような園芸家が自分の植木鉢の中を指でつついているのは、まるで幼い養子に乳房を与えているかのようだ。園芸栽培家は、造園家を軽蔑しているが、一方、造園家は栽

培家の仕事は野菜づくりだと考えている。

知っていただきたいが、栽培家は、植物栽培というものは、商売ではなく、科学であり芸術だと見なしている。競争相手について、あいつは上手な商売人だと言ったとしたら、それはまさに決定的な悪口になる。

園芸栽培家のところへお客が行くのは、たとえば上衣のカラーや金物を扱う店へ行って、ほしい物を注文し、お金を払ってそのまま帰るのとは異なる。栽培家のところへ行くのは、おしゃべりをするためなのだ。

この植物は何という名前なのかとか、去年、栽培家のところで買ったあのフチンシアが大きくなったとか、今年はメルテンシェがだめになったと嘆いたり、そしてなにか新しいものを見せてくれ、とたのむためだ。栽培家と、ルドルフ・ゲーテとエンマ・ベダウ(これらはアスターの名前だが)の、どっちがよいか討論しなければならず、同様に、ゲンティアナ・クルシーについては、粘土と泥炭のどちらがよいかも議論しなければならない。

そんなこんな、たくさんの対話をしたあとに、あなたは一株の新しいアリッサム(さあ、どうしよう、どこへ植えるんだ?)と、ウドンコ病にやられたので、代りのカノコソウを一株と、鉢を一つ選ぶ。ただ、その鉢の中に植わっているのが何なのかについて、栽培家と意見を一致させることはできない。

こうして、何時間かを、このように有益な高貴な楽しみで費したあげく、あなたは商売人ではない男に、五、六コルナの金を払う。それだけである。それでも真の栽培家は、あなたのような能書きばかりの客でも、いかにも金持ち然とした客より好ましいと思っている。そういう客は、においをまき散らしながら自家用車で乗りつけ、「いちばん上等の花を、第一級品だよ、それを六十種類選んでくれ」と鼻もちならない注文をするのだ。

栽培家は誰でも、おごそかにこう誓言《せいごん》する――わたしの庭の土は、じつにひどいものです。肥料もやらないし、水もやらない。冬になっても、防寒もしません。

この表現の裏には、彼の花がそんなによく育つ原因は、ひとえに、花たちが彼の愛に応えるからなのだ、ということがあるらしい。

これには一理ある。たしかに園芸という仕事は、幸福な手か、または一種の至高の愛をもっていなければならない。真の園芸家なら、一枚の葉の一部を土に挿し込むことさえできれば、どんな花でも、彼のために成長してくれるものなのである。

一方、わたしたち素人は、実生《みしょう》の苗を苦労して育て、水分を与え、息を吐きかけ、骨粉とか粉ミルクを餌として与える。それなのに、結局はひからびて、枯れてしまう。このことに

は、狩猟や医学の場合と同様に、なにか魔法の力がはたらいているのだとわたしは思う。

新種をつくり出すこと、それは、熱心な園芸家なら誰でも胸に秘めている夢である。ねえ、黄色いワスレナグサが育てられたらなあ、さもなければ、ワスレナグサのように青い色のケシか、白いリンドウか――。なんだって、青いほうがきれいだ？　どっちでもいい。でも、白いリンドウはまだないんだ。

*

それから、おわかりのように、草花に関して、人間はいささか狂信的愛国主義者である。もし、チェコのある種のバラが、アメリカのインディペンデンス・デイ種や、フランスのエリオ種を、全世界のコンクールで破って勝利を収めたら、わたしたちは誇らしげに胸を張り、喜びの叫びを爆発させそうになるだろう。

*

率直なところ、わたしはおすすめする。もし、ご自分の庭に、斜面かテラス状の部分が少しでもあったら、そこにロック・ガーデンをおつくりなさいと。

なぜかというと、まず第一に、そのようなロック・ガーデンは、ユキノシタやムラサキナズナや、アリッサムや、ハタザオその他の、非常にきれいな山の草花がクッションのように

なって育ってくると、とても美しいのだ。
第二に、ロック・ガーデンの建設自体が、意味のある魅力的な仕事なのである。
ロック・ガーデンを自分でつくっていると、ギリシア神話に出てくる片目の巨人キュクロプスのような感じがする。彼は、いわゆる自然の力を用いて岩に岩を重ね、丘や谷をつくり、山を移し、断崖を築いているのだ。そ

うして、腰の痛みを感じながらも、自分の巨大な仕事を終わらせて眺めてみると、想像していたようなロマンチックな山脈とは、どうも違っているように見える。彼がつくり出したものは、石と岩の堆積《たいせき》としか思われない。
　だが、なにも気にすることはない。一年たたぬうちに、この石の山は、このうえなく美しい花壇と化し、きらめく小さな花々、このうえなくきれ

いによく育った草花のクッションで飾られる。そのときのうれしさは、たとえようもない。あなたに申しあげるが、ロック・ガーデンをおつくりなさい。

＊

もはや否定することはできない。今はもう秋だ。秋のアスターと、秋のキクが咲いていることから、それとわかる——。秋の花には特別な勢いがあり、バラエティに富んでいる。仰々《ぎょうぎょう》しくはなく、みな同じような花だが、そのかわり、なんと数が多いことか！

ほんとうに、この熟年の開花は、若い春の落ちつかぬ衝動的な狂おしさとくらべれば、もっと力強く情熱的だ。そこには、大人の理性と一貫性がある。咲くなら徹底的に。十分に蜜を含み、ミツバチが集まるようにする。

このゆたかな秋の開花の上に散りかかる、そんな木の葉は、なんだと言うのだ？　いったい、見えないのか、倦怠など存在しないことが？

土

亡くなったわたしの母は、若いころ、よくカードで一人占いをしていたが、そんなときにはいつも、ひと山のカードに向かってささやいた――。

「何をわたしは踏んでいるか?」

その当時、わたしは、「何を踏んでいるか」ということが、なぜ母にとってそんなに興味があることなのか、理解できなかった。ずいぶん年がたってからやっと、わたしもそのことに興味をもちはじめた。

すなわち、わたしは、土を踏んでいる、ということを発見したのだ。

人間は実際に、何を踏んでいるかを気にしていない。まるで狂ったように右往左往して、せいぜい、この頭上の美しい雲とか、あちらの背後にある美しい地平線や美しい青い山が、どんな様子なのか、眺める程度だ。自分の足の下を見て、これは美しい土だ、と言ってほめるようなことはしない。

手のひらほどの大きさでも、庭を持つべきだ。何を踏んでいるか認識するように、少なくとも、花壇を一つ持てるといいのだが。そうすれば、きみ、どんな雲も、きみの両足の下にある土ほど多種多様ではなく、美しくも恐ろしくもないことがわかるだろう。

酸性、粘性、ローム性、冷性、礫《れき》性、および劣性の、各種の土を見分けるようになるだろう。ジンジャーブレッドのように空気の通りがよく、パンのようにあたたかく軽く上等な土の区別ができ、その土のことを、女性や雲について言うように、美しいと言うだろう。

ふかふかしたやわらかい土に、ステッキが膝の長さのあたりまでずぶりとはいりそうなときや、土塊《つちくれ》を握りしめてその空気を含んだなまあたたかさを味わおうとするときには、不思議な肉感的喜びを感じるだろう。

そして、この特別なすばらしさを認めない場合には、その罰として、数平方メートルの広さの粘土を、運命に授けてもらうことにしよう。

まるでブリキのような粘土、成長した粘土と根源的な粘土、その中からは冷たさが吹き出し、鋤をおろすとチューインガムのように柔軟に応じ、日に照らされると焼けて固まり、日陰になると酸性化する。意地悪で強情で粘っこく、焜炉《こんろ》づくりの原料となるような、蛇のようにぬるぬるし、煉瓦のようにからからで、トタンのように空気を通さず、鉛のように重い土だ。

そして今、それをつるはしで裂き、鋤で切りきざみ、ハンマーで粉砕し、ひっくり返して手入れをし、声高に呪い、嘆く。

そのとき、生命のない不毛の物質の敵意と頑固さがどんなものか、はっきりわかる。その物質は、生命の土となることをずっと拒み、今でも抵抗しているのだ。植物と呼ばれようと、人間と呼ばれようと、ある生命が地球の大地に根をおろすために、どれほど恐ろしい戦いを細心の注意を払って遂行しなければならないものか、それを認識することができよう。

そうすれば、土から得るよりも、もっと多くのものを土に与えなければならないことも、よくわかる。

石灰を土に浸食させてたらふく与え、あたたかい堆肥で熱してやり、灰の軽さを混入してやり、空気と日光をそそいでやらねばならない。すると、焼けて固まった粘土が、静かに呼吸するかのように、砕けてこまかくなりはじめる。鋤をおろすと、やわらかく、不思議なほど自発的に言うことを聞く。手に握ると、あたたかく素直である。

土はならされた。はっきり言って、数メートルの土をならすということは、大きな勝利である。今や土は、すぐに役立つ状態で、やわらかく、あたたかく、ここに侍している。その土を指につまんで完全にこまかくし、もんでみたくなるだろう。自分の勝利を確認するために。

もはや、その土に何を植えようか、などとは考えない。この黒く息づいている土を眺めるだけで、十分にすばらしくはないか？　パンジーの花壇やニンジンの畑よりも、このほうがすばらしくはないか？　むしろ、植物に嫉妬を感ずるほどだ。耕土と呼ばれる、人間が苦労してつくり上げたこの貴重な作品を、植物が占拠しているのだから。

そうなると、自分が何を踏んでいるかを意識せずに、土の上を歩くことはできなくなる。土の山や畑の一部を見ると、そのたびに、自分の手とステッキを用いて、調べてみたくなるだろう。それは、ほかの人たちが、星や人間やスミレを眺めるのと同様だ。

黒土を見ると感激の声をあげ、なめらかな森の腐葉土をいとおしげに指でもみ、びっしり茂った芝草土を手にもってバランスを取ったり、軽っぽい泥炭土の重さをはかったりするだろう。やあ、ときみは言う、この土を一貨車分、ほしいなあ。それに、ちきしょうめ、この腐葉土をはこぶ貨車があると役に立つんだが。

それから、この腐植土だ。それを上へまず置いて、それから牛糞を二つ三つ、それから、川砂を少しばかり、それから、あの切り株の腐ったものを手押し車何台分か、それに、あの小川の底の泥土をいくらか、それに、この道端のごみの掻き集めも悪くはないだろう、どうだね？

それからまだ、燐酸肥料と骨粉をいくらかほしい。だが、あのすばらしい耕土もおいしそうだなあ、天にましますま主《しゅ》よ！　ベーコンのように脂っぽい、羽根のように軽い、ケーキのようにもろい、明るい色のも黒いのも、乾いているのも、みずみずしいのも、さまざまな土があり、そのすべてに、それぞれに異なる、品のある美しさがある。

それに対し、醜悪で役立たずなのは、ねっとりとした、固まりやすい、じめじめした、頑固な、冷たい、不毛な土のすべてであり、それは、救われない物質を呪わんがために、天が人間に与えたものである。そのすべては、人間の心にひそむ冷酷さ、頑迷さ、意地の悪さと同じように醜悪なのだ。

園芸家の十月

十月——。それは、自然が眠りに向かうときだ、と言われる。園芸家はそのことをもっとよく知っていて、お話しするが、十月は、四月に負けずよい月である。

ご説明申しあげると、十月は、春の始まりの月で、ひそかに芽がふくらみ、蕾が出てくる、地下での芽ぶきと開花の準備の月である。ほんの少し土を掻いてみると、親指のような太さにふくらんだ芽や、かよわい蕾や、活発に動いている根を発見する——。なんと言おうと、まちがいない。春が来ている。

園芸家よ、庭に出でよ、そして、植えよ（ただ、芽を出しかけているスイセンの球根を、シャベルで切り刻まぬよう、ご注意を）。

つまり、あらゆる月の中で、十月は、植えつけと、植え替えの月なのである。

早春のころ、園芸家は自分の花壇を見おろしながら立つ。花壇のあちこちには、とんがり帽子のような芽が顔を出しはじめている。園芸家は考え込みながらひとり言を言う。

——ここは少し土が禿《は》げて空いている、なにか植えつけてやらねばなるまい。

二、三カ月後に、園芸家はその花壇を見おろしながら立つ。花壇にはいつのまにか、二メートルにものびたデルフィニウムの群れ、サルビアの密林、カンパニュラの原始林、

その他、なにかわからぬ植物が生い茂っている。園芸家は考え込みながら、ひとり言を言う。

——ここは少し茂りすぎて混みすぎたな。あれだ、引っこ抜いて、あいだを離してやらなきゃ。

十月になると、園芸家は同じ花壇を見おろしながら立つ。花壇のあちこちに、枯れ葉や、葉が落ちた草花の茎がのぞいている。園芸家は考え込みながら、ひとり言を言う。

——ここは少し土が禿げて

空いている、なにか植えつけてやらねばなるまい。そうだな、フロックスを六本か、少し大き目のアスターを何本か。そして実際に取りかかり、それを実行する。

園芸家の人生は、変化と活動的な意欲でみちているのだ。

ひそかな満足感で小声をもらしながら、十月の園芸家は、自分の庭にいくつもの空き地を見出す。

——ちきしょうめ、われとわが身に言う、ここでどうも、なにかが枯れたらしいな。ちょっと待てよ、この空いたところに、なにか植えなきゃならない。たとえば、アキノキリンソウか、サラシナショウマのほうがいいか、もっとも、それはまだ植えたことがないんだ、でも、いちばんいいのは、アスチルベだろうな。ただ秋には、ここはジョチュウギクがふさわしい。でも春には、ツクバネソウも悪くはないだろう。待てよ《ハルト》、ここにヤグルマハッカを植えてみよう。サンセット種か、ケンブリッジ・スカーレット種か、どちらかだ。そうだ、ヘメロカリスもここにあったらいいだろう。

それから、園芸家は沈思黙考しつつ、家のほうへ歩いて行くが、途中でさらに思い出す。——モリナもありがたい花だ、コレオプシスはもちろんだ、だがベトニカだって捨てがたいだろう。

その後、取り急ぎ、どこかの園芸店に、アキノキリンソウ、サラシナショウマ、アスチルベ、ジョチュウギク、ツクバネソウ、ヤグルマハッカ、ヘメロカリス、モリナ、コレオプシス、ベトニカを注文し、さらに、アンクサとサルビアを追加注文する。

それから何日かいらいらして待っているが、花は、来る日も来る日も届かない。やがて郵便局員が大きな籠をかかえて配達に来ると、すぐにシャベルを手にして、あの空き地に急ぐ。最初のひと掘りで、根っこの一団が持ち上げられる。その上のほうには、太い芽が押し合うように、一つの束になっている。なんてこった、園芸家はうめく。

——ここに、キンバイソウを植えといたんだ！

＊

そうだ、熱烈なマニアたちがいて、その人たちは自分の庭に、双子葉植物の六十八属、単子葉植物の十五属、裸子《らし》植物の二属、以上に属する植物を一つ残らず植えておきたいと望んでいる。——隠花《いんか》植物なら、せめてシダ類を全部、だ。ヒカゲノカズラ属やコケ類は手がかかりすぎるから。

それとは正反対に、もっと熱烈なマニアたちがいて、彼らは、ただ一つの種類に、生涯を捧げる。ただし、その種の、これまでに養成されて名前をつけられたあらゆる変種を手に入れたいと思い、また、手に入れずにはいられない。

たとえば、球根マニアは、チューリップ、ヒアシンス、ユリ、チオノドクサ、スイセン、アマリリス、その他、あらゆる球根のとりこになって献身する。

さらに、プリムラマニアやオーリキュラマニアは、例外なしに、サクラソウの仲間に敬意を表する。

一方、アネモネマニアは、アネモネ類にすべてを捧げる。

さらにアイリスマニア、またはアヤメマニアは、雑種は数に入れないとして、アポゴン、ポゴニリス、レゲリア、オノキュクルス、ユノー、そして、クシフィウムなど、それぞれのグループに属するものが全部自分のものにならなければ、悲しみのあまり、死んでしまうかもしれない。

チェコでは珍しくもない雑草のようなオストロシュカを育てているデルフィニウムマニアがいるし、バラマニア、すなわち、ロザリアンたちがいて、この人たちは、マダム・ドルシュキ、マダム・エリオ、マダム・カロリン・テストゥ、ヘル・ヴィルヘルム・コルデス、ムッシュ・ペルネ〔以上の人名は、バラの種類名〕、その他多くの、バラに生まれ変わった人物たちとしか霊的な交感をしないのである。

狂信的なフロックスマニアもいて、八月にフロックスが咲くと、声高にキクマニアを軽蔑するが、十月にシマカンギクが咲くと、逆にキクマニアに侮辱される。

メランコリックなアスターマニアは、この世のあらゆる楽しみよりも、秋の遅咲きのアスターをめでるほうを優先させている。

しかし、あらゆるマニアの中でもっとも猛烈なのは（もちろん、サボテンマニアは別だが）、ダリアマニア、すなわち、ゲオルギヌス派〔ダリアはドイツ語でゲオルギーナ、十八世紀の学者の名にちなむが、ゲオルギヌス派とはチャペックの創作〕で、この人たちは、アメリカのある新種のダリアに、目のまわるような金額、たとえば二十コルナも払うのだ。

以上あげたマニアのうち、球根マニアだけが、一種の歴史的伝統を持つ。それどころか、球根マニア自身、守護聖人、聖ヨゼフを戴《いただ》いている。聖ヨゼフは、よく知られているように、手には白いユリ、つまりリリウム・カンディドゥムを持っている。ただし今日《こんにち》では、リリウム・ブロウニイ・レウカントゥムを持つことができただろう、そちらのほうがもっと白いから。

これに対して、フロックスやダリアを持っている聖人は、一人もいない。その結果、これらの花に身も心も捧げる人たちは、宗派をつくり、時には、自分たち自身の教会さえ創建する。

そうした花をあがめる心、崇拝が、それぞれの「聖人伝」を持ってはいけない理由があるだろうか？　たとえば、聖人ダリアのゲオルギヌスの生涯を想像してほしい。

ゲオルギヌスは高徳で篤信の園芸家で、何回もの長い祈禱を行なったあとに、はじめてダリアの栽培に成功した。このことを伝え聞いた異教徒の皇帝フロックシニアーンは、烈火のごとく怒り、治安官を派遣し、信仰篤いゲオルギヌスを逮捕させた。

「このキャベツ野郎め」フロックシニアーン皇帝は、雷のような声で、ゲオルギヌスをどなりつけた。「このしおれたフロックスの花の前にひざまずくんだ！」

「それはできません」ゲオルギヌスは断固として答えた。「なぜなら、ダリアはダリアですし、フロックスはただのフロックスですから」

「こいつを切り刻んでやれ」

残忍なフロックシニアーンはわめいた。部下たちは聖人ダリアのゲオルギヌスの体を切り刻み、その庭園を荒れ果てるにまかせ、硫酸銅と硫黄をまき散らした。だが、聖ゲオルギヌスの切り刻まれた体の各部分が、のちに、ダリアのあらゆる種類の球根のもととなったのだ。つまりピオニー、アネモネ、一重《ひとえ》、カクタス、スター、ミニョン、ポンポン、またはリリパット、ロセット、コラレットの各種の咲き方をするもの、それに、その他の雑種である。

＊

このように、秋は、非常に実り多い時期だ。それにくらべて、春は少しつまらない、と言いたい。秋は大きなスケールで仕事をすることを好む。春のニオイスミレが三メートルの高さまで育ったり、チューリップがぐんぐん育って、木をしのぐまでになるようなことが、いつか起こるだろうか？　それでおわかりだろう。

だが、そのかわりに、遅咲きの秋のアスターを春植えると、十月には高さ二メートルの原始林になることがある。その中には、簡単には踏み込めない。出てくる道が見つからないかもしれないから。

あるいは、四月にヘレニアまたはオオハンゴンソウの根を地中に植えると、今はなにやら皮肉にも頭上から黄色い花が会釈している。つま先立ちをしても、手がとどかなくなっている。こんなふうに、ものさしがいささか狂うことが、園芸家にはいつでも起こるのだ。

そこで、秋には花の植え替えを行なう。毎年、園芸家は、牝猫が子猫をはこぶように、自

分の宿根草《しゅっこんそう》〔多年草〕をあちこちへ持ち歩く。毎年、満足げに言う――さあ、これでみんな植えて、きちんとしたぞ。翌年もまた、同じことをして、ほっとひと息つく。

　庭はいつになっても、けっして完成しない。その意味では、庭は人間の社会、および人間のいとなみのすべてに似ている。

秋の美しさについて

わたしが書けると思うのは、秋の燃え上がるような色について、陰鬱な霧について、死者の霊魂について、空のさまざまな現象について、最後のアスターと、まだ花を咲かそうと努力している赤いバラについて、である。さもなければ、黄昏《たそがれ》どきの小さな灯、墓地のロウソクの香り、乾いた枯れ葉、その他の雰囲気をかもし出す物事について、である。

しかし、なによりも、わがチェコの秋の、別の美しさについて証言し、讃美してみたい。それはほかでもない、テンサイ〔サトウダイコン〕である。

大地の作物の中で、テンサイほど大量に収穫されるものはない。穀物は納屋に、ジャガイモは地下室にはこび込まれる。だがテンサイは、はこばれてきて、うず高く積まれる。それは、堆積して小山となる。テンサイの山脈が、田舎の駅々の近くにそびえている。

荷車が次から次へと、テンサイの白いかたまりを、無限の行列をつくって、はこんでくる。シャベルを持った男たちが、朝から晩まで、その山をますます高く高く積み上げては、ならしていき、きちんとした幾何学的なピラミッドをつくり上げる。他の農産物は、個別に、いわばそれぞれの小道を通って、各家々に散らばっていく。ところがテンサイは、ただ一つの大きな流れとなってはこばれていく——。最寄りの汽車の線路に向かって、または最寄りの製糖工場に向かって。それは、大規模な収穫である。集団行進だ。まるで、軍隊の観兵式のようだ。あたかも、移動行軍をしている旅団、師団、軍団である。だから、テンサイの山は、軍隊式の秩序になぞらえられる。

幾何学、それは集団の美を生む。テンサイづくりの農夫たちは、自分たちのテンサイの山を、四角な記念建造物のように、築いている。ほとんど建築学的に考えてつくられている。ジャガイモの山は、建築物ではない。しかし、テンサイの堆積は、もはや山ではなく、それは建築物だ。

町の人は、テンサイの産地がとくに好きだというわけではない。しかし今、秋には、その地域が一種の記念碑的性格を持つようになる。そのような、きちんとしたテンサイのピラミッドには、なにか人の心を引きつけるものがある。それは、実り豊かな大地の記念碑なのだ。

＊

しかし、秋の美しさの中で、もっともいやしきものをわたしが讃えることをお許し願いたい。あなたがたが畑も持たず、テンサイをはこんで、大きな山にする必要もないことは知っている。だが、あなたがたは、庭に厩肥《きゅうひ》をやったことがおありだろうか？　厩肥をいっぱいに積んだ荷車がやってきて、あたたかく湯気を立てているのを、山のようにぶちまけると、あなたはそのまわりを歩いて、目と鼻でその値打ちをはかり、うなずきながら言う。

「神よ、お恵みを、これは、りっぱな厩肥だ」

「すばらしい」とあなたは言う。「だが、少し軽いな」

「わらばっかりだ」不満げに述べる。「糞《ふん》の割合が少なすぎるぞ」

ここで鼻をつまんでいるようだったら、さっさと、どこかへお行きなさい。こんな貴重でぽってりした厩肥の山を、遠まきに見てるなんて。りっぱな厩肥とはどんなものか、あなたは知らないんだ。

やがて、花壇が必要とする養分を吸収してくれると、人間は、大地に対してなにかよいことをしたという、いささか神秘的な気分になる。

＊

葉が落ちてはだかになった木は、それほど絶望的な姿でもない。それは、ふつうのほうきとか、熊手とか、建築準備の足場とかに、どことなく似ている。

だが、このようにはだかになった木に、最後の一枚の葉が風にふるえながらしがみついていると、まるで戦場にひるがえる最後の軍旗のように、死屍累々《ししるいるい》たる戦場の一角で、一人の戦死者の手にしっかと握られている戦旗のように見える。われわれは戦死した、しかし、屈しなかった。われらが旗は、まだ風にひるがえっているのだ。

＊

それでもまだ、キクは屈しない。かよわく、軽やかに、ただ白かピンクの泡でつくられているようで、ダンス衣裳をつけた少女のように、こごえている。お日さまがあまり照らなくなっているからか？　灰色の霧が息苦しいからか？　湿っぽい氷雨《ひさめ》が足どりも重く通り過ぎるからか？　どうなってもかまわない。

とにかく、咲くことが必要なのだ。悪条件になると嘆くのは、ただ人間だけだ。キクはそんなことをしない。

神々でさえも、その季節を持つ。

人間は、夏のあいだは汎神論者となり、自身を自然の一部だと考えることができる。しかし秋になると、自分はただの人間にすぎないとしか考えられない。たとえひたいに十字を切らなくても、わたしたちは誰でも、ゆっくりと人間の生まれたままの状態に帰るのだ。どの家のかまどの火も、かまどの神様たちに敬意を表して、燃えている。わが家への愛は、星の神々のどれかをあがめるのと同じ、一種の儀式なのである。

園芸家の十一月

多くのりっぱな職業があることを、わたしは知っている。たとえば、新聞の記事を書くこと、国会で投票すること、重役会に席をもつこと、または、役所の書類にサインすること、など。しかし、そのすべてがいかにりっぱで賞讃に値するにしても、仕事をするときは、それほど精彩を放つわけではなく、「シャベルを持つ男」のように記念碑的で活動的で、さらに造形芸術的な姿でもない。

あなたが自分の花壇の中に立って、片足をシャベルにかけ、ひたいの汗をぬぐい、「うん、これでよし」と言っているときには、ほら、まさに、まるで寓意的な彫像のように見える。その場であなたを注意深く根っこごと掘って持ち上げ、台座の上に置き、「労働の凱歌」とか、「大地の支配者」とかなんとか、銘を彫りつければ、それで十分だろう。わたしがそう

〔挿絵の台座の文字はラテン語で「園芸家」というような意味〕

言うのは、まさに今がその時期、つまり、掘るための時期だからである。

そうなのだ、十一月は、土を掘り返して、やわらかくしなければならない。土をシャベルいっぱいに掬《すく》うと、まるで杓子《しゃくし》に一杯、スプーンに一杯の食べ物を掬っているかのように、味わうような、グルメ的な感じがある。

よい土というものは、よい料理と同じように、濃厚すぎても、重すぎても、冷たすぎても、水分が多すぎても、乾きすぎても、ねばりすぎても、固すぎても、もろすぎても、生《なま》すぎてもいけない。黒パンのようで、ジンジャー・ブレッドのようで、タルトのようで、堅焼きのパンのようでなければならない。小さく割れるようでなければならないが、こまかくなりすぎてはいけない。シャベルで掘ると、ざくざくするようでなければならないが、べちゃべちゃしてはいけない。層になったり、かたまりになったり、蜂の巣状になったり、クネドリーキ〔チェコ名物の食べ物で、蒸し団子のようなもの。多種多様〕のようになってはならない。

つまり、シャベルいっぱいにしてひっくり返すとき、満足げにほっと息をつき、適当な大きさのかたまりになり、セモリナ粉のような表土になるようにくずれ落ちなければならない。

これが、おいしくて、食べられて、教養があって、気品の高い土、深々としっとりとして、水はけがよく、息づいていてやわらかい土で、要するに、「良い土」なのである。それは、

「良い人」というものについても同じことだ。ご存じのように、この涙の谷とも言うべき人生において、これ以上にすばらしいものはない。

園芸家人間よ、知るべし。この秋の日々、まだ移植は可能だ。まず、灌木の茂み、あるいは、木のまわりを、できるだけ深く、鋤やシャベルで掘る。そうして、シャベルをその下に差し入れて、根を持ち上げる。すると、たいていは、シャベルが二つに折れてしまうのだが。

とかく、根について話題にしたがる人たちがいる。主として、評論家や演説家だが、その人たちは、たとえば、次のような言い方をする――われわれは根源にまで回帰せねばならない。または、悪は根本から除去すべきである。または、人間は物事の根源をつきとめねばならぬ、などと。

さて、そんな人たちが（該当するような根を）、たとえば樹齢三年のマルメロの木を掘り取るところを見たいものだ。もしアルネ・ノヴァーク氏〔マサリク大学教授。チェコ文学の研究者として知られる。一八八〇～一九三九〕が、ルスクスのような小さな灌木に対してさえ、根っこのところまでもぐり込んでみせたら、わたしは喜んで証人になりたい。ズデニェク・ネイェドリー氏〔歴史、音楽学者、政治家、カレル大学教授。一八七八～一九六二〕が、たとえば、ポプラの老木を根こそぎ掘り取る様子を、注視したいと思う。

この方がたは、長時間苦労したあとで、腰をのばしながら、ただひと言だけ口にするだろ

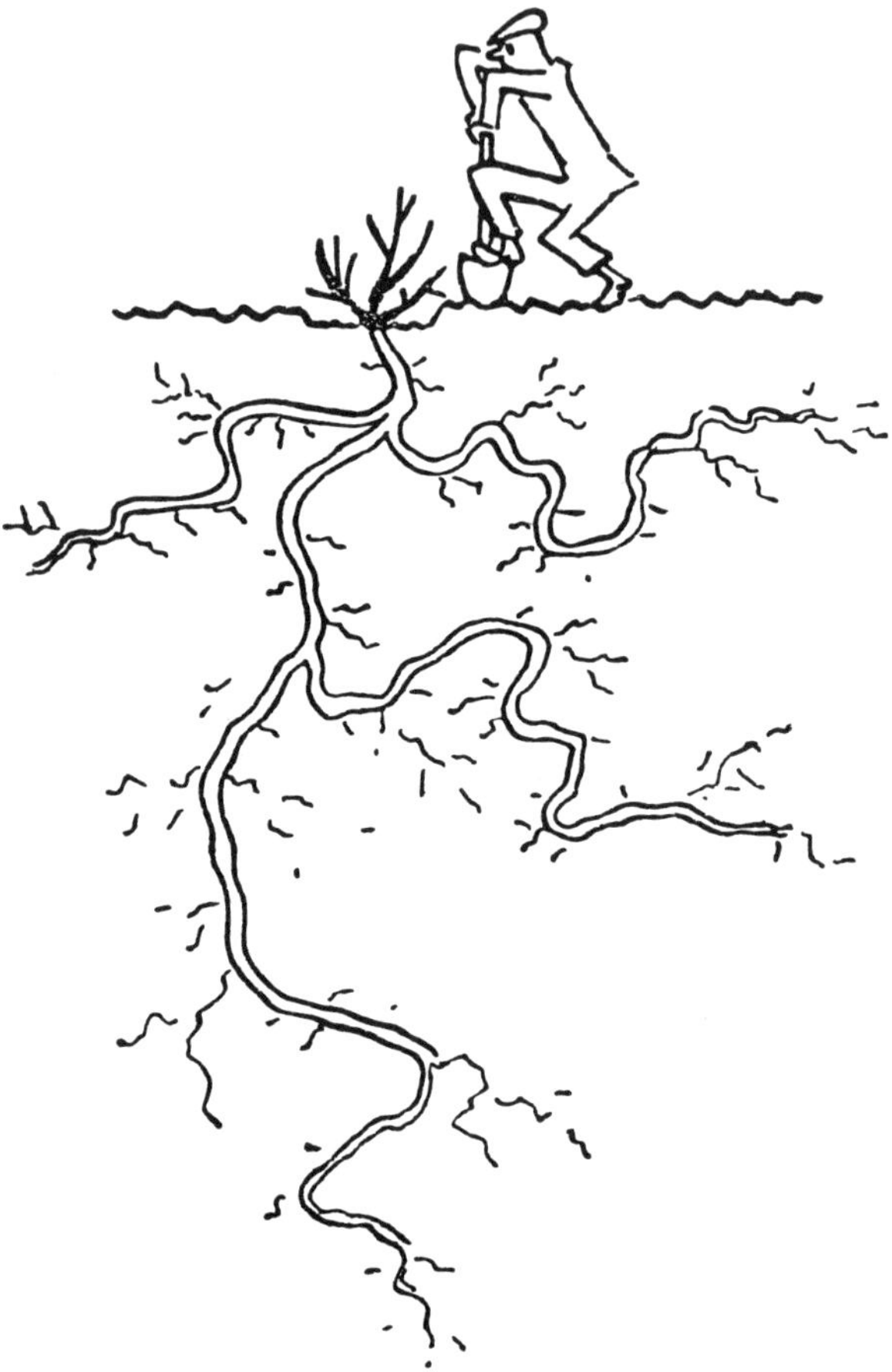

う。ちがっていれば、毒を飲んでみせてもよいが、そのひと言とは、「ちきしょう！《ヘルゴット》」だろう。

わたしは、マルメロでそれを経験し、はっきりとわかったが、根っこに関する仕事はまことに困難であり、したがって、根っこは、生えている場所に、そのままにしておくほうがよいのだ。なぜそんなに深くまでもぐりたいのかは、根っこ自身がちゃんと知っている。わたしたち人間がとやかく世話をやくことではない。根っこたちはそのままにしておいて、土を改良することのほうがましだ。

＊

そう、土を改良することだ。厩肥《きゅうひ》の荷車は、こごえるような寒い日にそれをはこんできて、燔祭《はんさい》〔古代ユダヤ教の動物をいけにえとして祭壇で焼く儀式〕のときのようにほかほかと湯気を立たせるときがいちばん美しい。やがてその湯気が天国にまで昇っていくと、全知全能のあの方が、天上のその場でお嗅《か》ぎになり、こうおっしゃる。

——ああ、これは、すばらしいこやしのにおいだ！

ここで、一つ、生命の神秘的な循環について語る機会を持ちたい。

一頭の馬が、燕麦《えんばく》をたっぷり食べ、さらにそれをカーネーションかバラに送り、カーネー

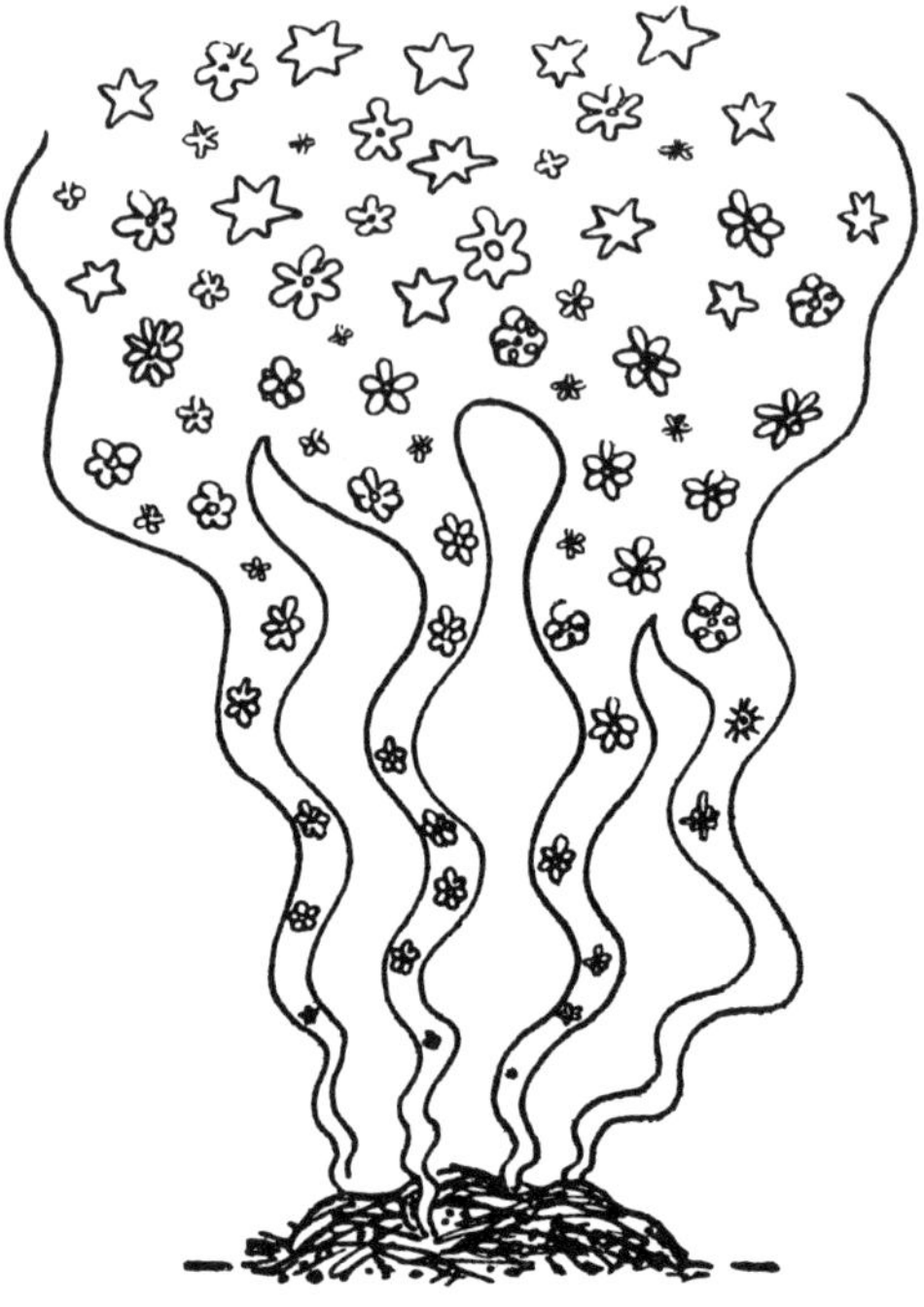

ションやバラは、そのかわりに翌年になってから、筆舌につくしがたい芳香を放って神様を讃美するだろう。さて、この芳香を、園芸家はすでにあの厩肥の、湯気を立てる藁《わら》の山の中に感じている。そして、その香りに酔いながらも注意して、この神の贈り物を庭一面にばらまく。それはまるで、ひと切れのパンにマーマレードを塗って自分の子供たちに与えているよう

だ。

さあ、おまえにやるよ、おでぶちゃん、おいしく食べろよ！　マダム・エリオ、あなたには、丸ごと、ひと山さし上げよう、あんなに美しくブロンズ色に咲いてくれたことのお返しだ。カミツレよ、なにも言わずに、この馬糞のごちそうを受け取ってくれ。そしておまえには、この褐色の藁《わら》を広げてやるよ、嫉妬深いフロックスよ。

なぜ鼻をそむけるんだ、みんな？　わたしがこんなによい香りをさせているのに？

＊

もう少しだ。わたしたちは、自分の庭に最後の奉仕をする。もう少し、あの秋霜《あきしも》に会わせて、それから防寒用の緑のそだを敷き、その下に庭を休息させる。

バラの木の頭を下げさせ、その細い首のまわりに土を盛り、香り高いモミの枝をその上に積み、そして、おやすみ。

ふつう、このそだは、ほかにも、いろいろなものをおおう。たとえば、ポケットナイフとか、パイプだ。春になって、そだを取り去るときに、それらもろもろと再会する。

だが、今はすこし早い。まだ花は咲き終わってはいないのだ。晩秋のアスターはライラック色の目を細めているし、サクラソウとスミレが、十一月も春なのだとでもいうように咲き出し、インドギク（そう呼ばれるが、直接インドからではなく中国から来たのだ）は、非常に悪い気象的・外交的関係の防害にも屈せず、かよわいながらも尽きせぬ豊かさをたたえながら、赤、白、金、そして茶と、色とりどりの花を咲かせている。バラもまだ、名残りの花を咲かそうとしている。花の女王よ、六カ月ものあいだ、きみはずっと花を咲かせてきた。それはたしかに、きみの立場上、花の女王としての義務ではある。

そしてそれから、まだ、草や木の葉が咲く。秋の葉——黄色や、紫、赤茶、オレンジ色、赤パプリカ色、赤褐色の葉が。さらに赤や、オレンジ色や、黒や、青く霜を帯びた木の実。そしてはだかの枝の黄色い、赤味がかった、青白い木の肌。まだわたしたちは終わってはいない。そしてたとえ雪が降っても、ここにはまだ、燃えるように赤い実をつけた濃い緑色のヒイラギと、黒いマツと、イトスギと、イチイの木がある。これらには、けっして終わりというものはない。

はっきり申しあげるが、死などというものは存在しない。眠りさえも存在しない。わたしたちは、ある時期から他の時期へと成長するのみである。人生は辛抱しなければならない。人生は永遠なのだ。

しかし、この宇宙で、自分自身の土の花壇を自由にできないあなたがたも、この秋の季節には、自然に対してひざまずくことができる。ヒアシンスやチューリップの球根を、植木鉢の中に植えつければいいのだ。それらの球根類は、冬のあいだに凍《い》てついて枯れるか、花を開くか、どちらかになるだろう。

そのやり方は、つぎのとおり——。

まず、適当な球根類を買ってくる。それから、最寄りの園芸店にある良質な培養土。そうして、地下室と屋根裏にある、古い植木鉢を一つ残らず探し出し、それぞれに球根を一つずつ植え込む。

すると、球根はまだいくつか残っているのに、鉢がもうないことに気づく。そこで鉢をいくつか買い足す。ところが今度は、球根はもうなくなったのに、鉢と培養土が余っていることを発見する。そこで、さらに球根をいくつか買い足すが、今度は土が足りなくなったので、新しく培養土をひと袋買う。するとまた、土が余る。その土をもちろん捨てたくないので、また、鉢と球根を買い足す。

こんなやり方をさらにつづけていると、ついには、家人から禁止命令を下される。それ以後は、それらの鉢で、窓辺やテーブルの上や戸棚の中や食料品庫や地下室や屋根裏までいっぱいにし、そうして、せまりくる冬を、自信にみちて待ち受けるのだ。

準備

どう言ったものか。すでにあれこれきざしが現われている。自然は、いわば、冬眠にはいりつつあるのだ。葉が一枚、また一枚と、わたしのシラカバの木から、美しいながら悲しげな動きを見せて散ってゆく。花が終わったものは、大地に帰っていく。あれほど繁茂していたものが、はだかのほうきか、腐りかけたキャベツの芯か、ちぢんだ葉っぱか、ひからびた茎だけしか残っていない。そして土そのものが、腐敗でぷんぷんにおっている。

どう言ったものか。今年はもうこれで終わりだ。キクの花よ、もはや生命の豊かさを誇示しすぎないように。白いキジムシロよ、この名残りの陽光を、うららかに照る三月の太陽と取りちがえないように。どうしようもないのだ、子供たちよ、もうパレードは終わった。ちゃんと横になって、冬眠におはいり。

だがちがう！　だがちがう！　何を考えてるんだ？　そんなことを言ってはいけない！

いったい、それはどんな眠りなのか？　自然が冬眠にはいりつつある、と毎年わたしたちは言う。しかし、わたしたちはまだ、その眠りを間近に見たことがない。または、より正確に言えば、わたしたちはまだ、その眠りを下から見たことがない。

物事をもっとよく認識するために、足が上になるように、ひっくり返してみよう。自然をのぞき込むために、自然の足が上になるように、ひっくり返してみよう。根っこが上になるように、ひっくり返してみよう。

おや神様、これが眠りだって？　これを休息と呼ぶのか？　植物はその時間がないので、上へ向かって成長するのを中断したのだ、と言いたい。なぜなら、自然は腕まくりして、下へ向かって成長しているのだから。手のひらに唾を吐いて、地中に向かって掘り進んでいるのだ。

見てごらん、土の中のこの青白いもの、これは新しい根だよ。見てごらん、どこまでのびていくか。よいしょ！　よいしょ！　この猛烈な集団攻撃を受けて、大地がびしびしと音を立てて割れていくのが聞こえないか？

――謹んでご報告申しあげます、将軍。根っこの散兵線は、敵の防衛地帯に深く侵入いたしました。すでにフロックスの前哨は、カンパニュラの前哨と連絡したであります。

——よろしい、よろしい。彼らを攻略地域に定着させせよ。所期の目的は達成されたぞ。

そして、ここにある太く、白く、やわらかなものは、新しい芽の、まさに発芽なのだ。ごらんよ、いったい、いくつあるか。しおれてひからびた宿根草よ、なんと、こっそりかくれていたことか。なんと、元気のよいことか。なんと、生命力にみちていることか！　これを眠りと呼ぶのか？　葉や花は悪魔にさらわれろ、なんといういたずらだ。

この下のほう、この大地の下にこそ、真の仕事がある。ここに、ここに、ここに新しい茎が成長している。ここからあそこまで、この十一月の辺境の中で、三月の生命が突進していく。ここ大地の下には、偉大な春のプログラムが描かれている。まだ一分間の休息すら、やってこない。ほら、ここに設計図がある。ここに土台を掘って、土管が置かれる。そして、きびしい寒さで土が凍って固くならぬうちに、もっと向こうまで掘り進むのだ。秋のうちに早ばやと準備しておいた仕事のおかげで、春には緑の丸天井が築かれる。わたしたち秋の仕事人は、それで自分の役割を果たしたわけだ。

大地の下の、固く丸っこい芽、球根の頭にある腫瘍、ひからびた葉のかかとの下にある奇妙な出っぱり。それらは、春の花がとび出す爆弾だ。

春は芽ぶきの時期だ、とわたしたちは言う。現実には、芽ぶきの時期は秋だ。自然を眺めているかぎり、たしかに、秋は一年の終わりと言える。しかし、むしろ、秋は一年の始まり、と言ったほうが、もっと当たっている。

秋には葉が落ちる、というのは一般的な意見だ。それは、実際、否定できない。ただわたしは、もっと深い意味で、秋は、じつは葉が出てくる時期だと言いたい。葉が枯れるのは、冬がやってくるからだ。だが、葉が枯れるのは、また、春がやってくるからでもある。早くも、花火のかんしゃく玉のような新しい小さな芽ができているからで、そんな、かんしゃく玉の中から、春が炸裂《さくれつ》する。

秋に木や灌木がはだかになるというのは、目の錯覚である。それらは、春になると衣を脱いでのびてくる、あらゆるものでちりばめられているのだ。秋になると花が姿を消すのは、たんなる目の錯覚である。なぜなら、実際には花が生まれているのだから。

自然が休息している、とわたしたちは言う。ところが、ほんとうは、自然は必死になって突進している。ただ、店を閉めてブラインドをおろしたのだ。しかし、ブラインドの向こうでは、もう新しい商品の荷ほどきをし、棚はいっぱいになって、たわむほどである。

みなさん、これこそ、ほんとうの春なのだ。いま用意がととのわないものは、春になっても、ととのわない。未来は、わたしたちの先にあるのではない。もうここに、芽の形で存在しているのだから。未来は、もうわたしたちといっしょになっている。今わたしたちといっしょにいないものは、未来になっても存在しないだろう。わたしたちには芽が見えないが、それは芽が地面の下にあるからだ。わたしたちに未来が見えないのは、未来がわたしたちの中にあるからだ。

時にわたしたちは、ひからびた過去の残り物をまぶされて、腐臭を放っているように感じることがある。しかし、「今日《きょう》」と呼ばれるその古い耕土の中に、いかに多くの太った白い芽が苦闘しながら道を切り拓《ひら》いているかを、いかに多くの種がひそかに芽を出しているかを、いかに多くの古い苗が、いつかは花咲く生命として噴出する、生き生きとした芽として一つにまとまっているかを、もしわたしたちが見ることができたとしたら、わたしたちの中に、ひそかな未来のざわめきを見ることができたとしたら、わたしたちはきっと、こう言うだろう。

——わたしたちの憂いや不信など、まったく馬鹿げたことだ。いちばんたいせつなことは、生きた人間であること、すなわち、成長しつづける人間であることだ。

園芸家の十二月

さあ、もうこれですべては終わった。この時期まで、園芸家は、土を耕し、鋤き、ならし、掘り返し、肥料をやり、石灰を撒布し、泥炭と灰と煤《すす》を混ぜ込み、剪定《せんてい》し、種をまき、植えつけ、移植し、根分けし、球根を地面に固定し、冬には球根を取り出し、撒水したり、注水したりし、芝を刈り、除草し、草花に防寒用のそだをかぶせたり、首のところまで土を寄せてやったりした。

このすべてを、二月から十二月までのあいだにやっていたのだが、やっと今、庭が雪に埋《うも》れたときになって、なにか忘れていたことを思い出す。すなわち、庭を眺めることだ。なぜなら、おわかりいただきたいが、そんな暇がなかったのである。

夏に花咲くリンドウを見ようと走り寄ったとき、その途中で立ち止まって、芝生から雑草

を抜かねばならなかった。咲き出したデルフィニウムの美しさを賞《め》でようと思うと、支柱をとりつけてやらねばならぬことに気づく。アスターが咲き出したときには、水をやるためにじょうろを取りに走った。フロックスが咲いたときには、邪魔になるカモジグサを抜いた。バラが咲いたときには、わき芽を切ったり、ウドンコ病をふき取らねばならぬ場所を探していた。キクが花開いたときには、鋤を手にして、ひたすら、固まっていた土をほぐしてやった。

何をすべきか、いつも何かしらの仕事があった。どうして、両手をポケットに入れて、庭の様子をただぼけっと見ていられようか?

それが今はもう、ありがたいことに、すべては終わった。とはいえ、いろいろとやるべきことはまだあるだろう。あの奥のほうの土は、まるで鯉の仲間のようだし、そのヤグルマギクを実際は植え替えたかった。

だが、もうご安心あれ。もう雪が降っているのだから。

どうだろう、園芸家よ、われとわが庭を、初めてご覧になっては?

それで、あの雪から突き出ている黒いものは、紫色になるヴィスカリアだ。このひからびた茎は、青い花のオダマキだ。この枯れた葉のかたまりは、アスチルベだ。そしてほら、あ

のほうきみたいなのはアスター・エリコイデスで、ここ、今はなんにもないところにあるのは、オレンジ色のキンバイソウだ。ここの雪の山はディアントゥスだ、もちろんディアントゥスさ。そしてあそこに残っているあの茎は、おそらく、赤い花のノコギリソウだろう。

ブルル、こごえそうだ！　冬でさえも、園芸家は自分の庭を楽しむことができない。

＊

さてよろしい、それでは、部屋に暖房でも入れよう。庭はもう、軽やかな雪の羽根ぶとんの中で眠らせておこう。ここで、別のことを考えるのもよい。まだ読み終えてない本が机の上にいっぱい積んである。まず、あの本から片づけよう。まだほかにも、多くの計画や気にかかることがある。それからはじめよう――。

ところで、全部によくそだをかぶせてやったかどうか？　トリトマには十分カバーをかけたかな？　ルリマツリのカバーは忘れなかったかな？　カルミアはそだかなにかでおおってやるべきだろう。アザレアが寒さでこごえないかどうか？　ウマノアシガタの球根が芽を出さないようだったら、どうしよう？　その場合には、そのかわりになにかを……ちょっと待てよ……ちょっと待てよ、どれかカタログで見ることにしよう。

こうして、十二月の庭は、主として大量の園芸用カタログの中に収められている。園芸家自身は、暖房のきいた部屋のガラスの下で冬眠するが、園芸家を首のところまで埋めているのは、肥料やそだではなく、園芸用のカタログと、内容紹介のパンフレット、各種の本と小冊子である。それらを読むと、こんなことが学べる――。

1、もっとも価値のある、もっとも貴重な、そして絶対になくてはならぬ花は、かつて自分の庭で植えたことがないものであること。

2、自分の庭に植えてあるものはすべて、「ある程度デリケート」で「寒がり」であること。または、一つの花壇に「湿気を要求する」花と、「湿気を避ける必要のある」花とが、隣り合わせに植えられていること。さらに、特別に注意して、このうえなく日当りのよいところに植えたものが、じつは「完全な日陰」を要求するものだったこと、およびその反対のこと。

3、「もっと注目に値する」そして「いかなる庭にも場所を占めるべき」花、または少なくとも「まったく新しく驚くべき新変種で、これまでの記録をはるかにしのぐ」花が、三百七十種またはそれ以上存在すること。

これらすべてを知ると、十二月の園芸家は、たいてい、ひどく暗い気分になる。一つには、春になって自分の庭の花が、寒気あるいは熱気、湿気、乾燥、ひでり、あるいは日照不足のために、一本も芽を出さなかったら、と心配しはじめるからで、この恐ろしい空白状態をどうやって埋めたらいいか、それで悩む。

第二にわかるのは、たとえ枯れるのが最少部分ですんだとしても、六十冊ものカタログで、たった今読んだばかりの、「もっとも価値のある、豊かに花をつける、まったく新しい、他

をはるかにしのぐ」種類のものを、自分の庭にはほとんど植えられないだろう、ということだ。これもたしかな、堪えがたい空白であり、なんとかして埋める必要がある。

かくて冬眠しつつある園芸家は、自分の庭にある草花にはすっかり興味を失い、自分の庭にないものに対する興味でいっぱいになる。もちろん、ないもののほうがはるかに数は多いのである。

カタログ類に頭を突っ込んで、注文しなければならないもの、あるいはぜひともわが家の庭になければならぬものに、アンダーラインを引いていく。夢中になって引いていったら、最初は、なんとしても注文したい宿根草が、四百九十種もしるしをつけられている。

それらをかぞえていると、やや冷静さを取り戻し、今回はあきらめるべきものを、血まみれの心臓をかかえた思いで、棒引きしはじめる。この痛ましい抹消を、さらに五回も行なわねばならないが、「もっとも美しい、もっとも貴重な、なくてはならぬ」宿根草を、やっと百二十種にしぼる。そうして――羽ばたくようなうれしさで――すぐに注文する。

「以上を、三月上旬にわたし宛に送ってください!」

――ああ、神様、今がもう三月であってくれさえすれば……。園芸家は熱い思いとともに、じれったい気持ちで考える。

さて、神様はそのとき、園芸家の目が見えないようにしたのだ。三月になると、どんなに努力しても、まだなにか植えられる場所は二つか三つしかないことが見えてくる。しかもそれは、日本のマルメロの茂みの向こう、垣根の際《きわ》にしかない。

*

この主要な、そして――明らかに――ややあわてすぎた冬の作業をやり終えると、園芸家はひどく退屈になってくる。

「ことは三月から始まる」というわけで、三月までの日数をかぞえ、あまりにも多いので、それから十五日ひく。なぜなら、「時には二月中に始まることもある」のだから。だが、なんの役に立つものか、とにかく待たねばならない。

そこで園芸家人間は、なにか別のものに、たとえば、ソファや安楽椅子や寝椅子の上に身を投げ出して、自然の冬の眠りを試みようとする。

三十分後には、新案の霊感を受け、水平の姿勢から宙にとび上がる。植木鉢！　植木鉢で花が栽培できるんだ！

ヤシとラタニア、ドラセナとムラサキツユクサ、アスパラガス、クンシラン、ハラン、ネムリグサやベゴニアの茂みが、まさに熱帯的な美しさをともなって、ただちに目の前に浮かぶ。その中には、促成栽培のプリムラや、ヒアシンスや、シクラメンも混じって咲くのが見える。

玄関ホールを赤道直下のジャングルに仕立てよう、階段はぶら下がる巻きひげの蔓草《つる》でいっぱいにし、窓にはめったやたらに花を咲かす草花を置こう。そこで園芸家人間は、自分のまわりにあわただしい視線を投げかける。もはや、そこは自分の住む部屋ではなく、自分が

そこに創造しようとしている楽園の原始林が見える。そこで、すぐさま角《かど》の園芸店に走って行き、植物の宝物を両腕いっぱいにかかえてはこんでくる。

さて、はこべるだけのものを家にはこび込んだとき、気がつくのは——

全部いっしょに並べてみると、赤道直下の原始林とは似ても似つかず、むしろ、ちっぽけな瀬戸物屋のように見えること。

窓にはなにも置けないこと。なぜなら——家の女たちが口をきわめて主張するように——窓は風通しのためにあるのだから。

階段にはなにも置けないこと。なぜなら、そんなことをしたら不潔もいいところで、水びたしになってしまうから。

玄関ホールを熱帯のジャングルに変えることはできないこと。なぜなら、いかに懇願しようとも、ののしろうとも、女たちは、そこが冷気に襲われぬよう窓を閉めきっておく方策には、断じて承服せぬものだから。

そこで園芸家人間は、みずからをなぐさめるように、自分の宝物を地下室へはこんでいく。そこなら、少なくとも、こごえはしない。だが、やがて春になって、外の湿った土を耕していると、園芸家はそうした宝物のことを、まるで死んでしまったかのように忘れてしまう。だが、そんな経験をしながらも、けっして懲《こ》りずに、次の十二月になると、ふたたび新しい植木鉢で、自分の住まいを冬の庭にするにちがいない。

ここに、自然がはぐくむ永遠の生命が見られるのだ。

園芸家の生き方

時来たりなばバラの花咲く、と言う。それは、たしかに真実だ——。ただし、一般にバラの花は、六月か七月まで待たねばならない。そして育ちぐあいから言えば、バラがちゃんとした樹冠をなすには、三年あれば十分である。

そこで、言うなればむしろ、時来たりなばオークの木も育つ、と言うべきだろう。さもなければ、時来たりなばシラカバ育つ、である。

わたしは何本かのシラカバを植えながら、こう思った。

——ここは、そのうちにシラカバ林になるだろう。そして、その一角には、樹齢百年の巨大なオークがそびえることになる。そして、小さなオークの木も一本植えた。だが、もう二年たつのに、まだ樹齢百年の巨大なオークにはならないし、何本かのシラカバの木も、ニンフたちが踊りまわるような樹齢百年のシラカバの林にはなっていない。

当然ながら、わたしはまだ何年か待つ。わたしたち園芸家は、限りなく辛抱強い。わが家の芝生には、レバノンスギが一本ある。わたしの身長とほとんど同じくらいだ。専門家筋の情報によれば、このスギは、高さ百メートル、太さ十六メートルにまで成長するけずだ。よろしい、わたしはこのスギが規定の高さと太さに達するまで待つことにする。実際に、わたしがそれまで健康で長生きして、いわば労働の成果を得るようだったら、まことに適切なことだろう。その間《かん》、スギはしっかり二十六センチほどのびた。よろしい、もっと待ってやる。

ただの芝草を例にとってみよう。じょうずに種をまいて、雀どもについばまれなければ、十四日後には芽が出て、六週間後にはもう芝刈りをしなければならない。

ところが、イギリスの芝生はそんなものではない。わたしは、イギリス的なすばらしい芝生の調製法を知っている。これは——ウスターソースの製法と同じように——「イギリスのある田園貴族」に由来する。

この貴族に、アメリカのある億万長者が言った。

「あなた、こんなに完全な、こんなに青々とした、こんなに目のつんだ、こんなに欠点のない、こんなにビロードのような、こんなにむらのない、こんなにみずみずしい、こんなに常緑の、ひと口で言えば、あなたの芝生のようにこんなにイギリス的な芝生が、どうしたらつくれるのか、わたしにそっと教えてくださったら、いくらでもお望みの額を、お払いしますがねえ」

「それは、しごく単純なことですよ」そのイギリスの田園貴族は答えた。「土を十分に深く耕さねばなりません。栄養があって水はけのよい、酸性でもなく、脂っぽくもなく、重くもなく、やせてもいない土にしなければいけません。そのあとで、その土を、テーブルのようによく平らにしなければいけません。それから芝草の種をまいて、土をローラーで丹念にならします。その後で毎日水をやり、芝がのびてきたら、毎週毎週、芝刈り機で刈り、刈り取ったぶんを、ほうきで掃き、芝生をローラーでならします。芝生に毎日水をやり、露《つゆ》を含ませ、湿りをもたせ、スプリンクラーで撒水するとか、人工降雨をしてやらねばなりません。そして、これを三百年おやりになれば、わたしの芝生のように、ほんとうによい芝生がもてますよ」

*

それにつけても考えていただきたいのは、わたしたち園芸家の一人ひとりが、あらゆる種類のバラについて、蕾と花、茎と葉の茂り、樹冠その他の性質の各面にわたって、実地に調べたいと思っているということ、そして、ほんとうにそうすべきだ、ということとである。

あらゆる種類のチューリップとユリ、アイリス、デルフィニウム、カーネーション、カンパニュラ、アスチルベ、スミレ、フロックス、キク、ダリア、グラジオラス、ボタン、アスター、プリムラ、アネモネ、オダマキ、サキシフラガ、リンドウ、ヒマワリ、ギボウシ、ケシ、アキノキリンソウ、キンバイソウ、そしてクワガタソウもそうだ。

これらのいずれにも、たいへんすぐれた欠かせない種類が、変種と雑種を含めて、少なくとも一ダースはある。さらに、わずか三から一ダースまでの変種をもつ、何百もの属と種を加える必要がある。

もっとほかに特別な注意を払うべきものは、高山植物、水生植物、ヒース類の植物、球根植物、シダ類と好陰植物、樹木類と常緑植物である。

これらを全部計算に入れると、非常に注意深く判断して、正直に言うと、一千一百年という数値をわたしは得る。自分の所有するすべての植物をテストし、それらに精通し、実地に評価するために、園芸家は一千一百年を要するのだ。これ以下にはできないのだが、五パーセントがた、割り引いてあげよう。相手があなたのことだし、それに（それだけの価値はあるのだが）、なにも、すべてを栽培する必要もないだろうからだ。

だが、与えられた時間内に必要なことを全部処理したいと望むなら、急がねばならない、一日も無駄にしてはならない。一度はじめたことは、なし遂げるべきだ。あなたがたは自分の庭に対して、そうする義務がある。その処理方法は、教えてあげない。これは、自分でためしてみて、ねばり強くつづけるべきだ。

わたしたち園芸家は、未来に対して生きている。バラが咲くと、来年はもっとよく咲くだろうと考える。そして、十年後にはこのトウヒの若木が、一人前の成木になるだろう――。その十年が過去のものになってくれさえしたら！　五十年後には、このシラカバの木々がどんなになっているか、早く見たいものだ。

真正の、最善のものは、わたしたちの前方、未来にある。これからの一年、また一年は、成長と美を加えていく。神様のおかげで、ありがたいことに、わたしたちはまたもう一年、未来に進むのだ！

チャペックの植物名索引

草花・樹木

野菜・果物

平凡社ライブラリー版 訳者あとがき

本書は、カレル・チャペックのエッセイ集 *Zahradníkův rok*（『園芸家の一年』一九二九年初版）の全訳（一九五七年の第十版を底本とした）である。この作品には、文字どおり、園芸家の一年が、一月から十二月まで順序よく並べられ、その前後と中間に小エッセイが配されて、全体に兄ヨゼフの挿絵入りで構成された楽しい読み物になっている。

ただ、原著書は、最初からこの形になるように企画されたのではなく、まず「園芸家の十二月」が一九二七年の十一月二十七日付『リドヴェー・ノヴィニ』紙に発表された。それが好評だったのか、翌二十八年一月十五日付の同紙に「園芸家の一月」が掲載され、以下、二月、三月と順次に毎月一編の割合で連載され、十一月十八日「園芸家の十一月」で終了し、それに他の作品と書き下ろしを加えて、全体が成立した。従って、この作品の大部分は一九二八年に書かれたことになる。

年譜によると、この年チャペックは、イギリスの作家G・K・チェスタートンに公開状を出したり、フランスの作家J・ロマンに会ったりして国際的に活躍し、作品としては推理短編集『一つのポケットから出た話』と『もう一つのポケットから出た話』を書き、大作『マサリクとの対話』の第一部をまとめた。この忙しさのなかで、『園芸家の一年』の執筆は、多趣味な作者にとって、一種の息抜きとなったらしい。

内容については、直接お読みになり、それぞれに理解なさるのがいちばんよいだろうが、ごく簡単に言えば、無類の園芸マニアであった作者が、季節による自然の動きと、園芸という人間のいとなみや心理を対置し、ユーモアと皮肉をまじえて描写したものである。

標題と関連する zahradník（ザフラドニーク）というチェコ語は、英語の gardener に相当し、職業的な意味で用い得るが、チェコ語にはもう一つ別の zahrádkář（ザフラートカーシュ）という単語があり、「アマチュア園芸（愛好）家」の意味を含んでいる。原著ではこの語が何カ所かに用いられ、使いわけが感じられる。

もっとも、全体として作者は、アマチュア園芸家の限界を十分に意識していると言えよう。

ただし、非常に素直でないアマチュアで、たとえば本書中の三百を超える植物名は、専門家でなければ手に負えず、しかも同一植物に対して異称・別称を用いている箇所もあり、訳語も不備を免れない感がある。

言うまでもなく、チャペックの作品は数多くの外国語に翻訳されており、一九九〇年に刊行されたチェコ・アカデミアの『カレル・チャペック著作目録』によると、『園芸家の一年』の翻訳も十数カ国語に及び、各国での評価も高い。

わが国では、小松太郎氏によるドイツ語版からの訳が『園芸家12カ月』(一九五九年、誠文堂新光社より単行本刊行。のちに中公文庫、一九七五年)として広く流布しており、すでにお読みの方も多いことだろう。これは非常にすぐれた訳で、本書の訳出に当たっても、しばしば参考になった(ただし、原著とのずれが感じられる点や、省略箇所などもあり、本書では原文に即するよう心がけた)。

その他、千野栄一氏の「園芸余話」(『ポケットのなかのチャペック』晶文社、一九七五年、所収)も、本書の解説として貴重である。

それらの影響か、平塚市の神奈川県立花菜《かな》ガーデンには、カレル・チャペックの旧居と庭園の模擬施設さえ作られており、日本での人気を裏書きする。

チャペック兄弟は、生まれ故郷の北東チェコにあるクルコノシェ山脈（ドイツ名 Riesengebirge）を愛し、その地にゆかりを求めて、アフォリズムを含むミニ短編集 *Krakonošova zahrada*（『クラコノシュ（ドイツ名 Rübezahl クルコノシェの山霊）の庭』一九一八年）を共著で発表した。山間の地マレー・スヴァトニョヴィツェにあるカレルの生家で、現在のチャペック兄弟記念館の間近に、じょうろを持ったカレルとスケッチブックを抱えたヨゼフ、ふたりの像（口絵写真参照）が並んで建ち、大自然の中にあるクラコノシュの庭の空気を今も呼吸している。

さらに、今も残るプラハ市内のチャペック兄弟の両家族用旧居には、かなり広い庭があり、この兄弟の園芸の場でもあった。芸術上でも互いによき協力者だった兄弟にとって、園芸はどれほどなぐさめになったことだろうか。やや流行語的に表現すれば、魂の「癒《いや》し」ともなったであろう。目下、この旧居のカレルの居住部分は、プラハ十区の公共財産となり、一般公開が予定されている。

プラハ近くのカレルの別荘、通称ストルシュ（Strž）はカレルの記念館になっているが、大自然の中の広い敷地は、カレルの園芸にとって絶好の地となり、最終的にそこでの寒さの中の園芸作業が病と死を呼ぶこととなった。極端に言えば、カレルは園芸に命を捧げたわけである。

仕事と生活に追われる現代市民にとって、園芸が有用なことは、近年のわが国での、いわゆる園芸ブームでも証明される。そして、本書の奔放な語り口は、不安・不信・不満に満ちた二十一世紀の今日でも、園芸愛好家のみならず、多くの人たちに、ある種の解放感と希望と、さらに「癒し」を与えることが期待される。

なお、本書は恒文社の「カレル・チャペック エッセイ選集」の第四巻(一九九七)として世に出、二〇〇八年には同社から新装独立版としても刊行された。このたび縁あって平凡社ライブラリーの一冊に加わることになり、この機会に全体的に見直し、不備や表現を各部分について訂正した。ただし、恒文社版の「訳者あとがき」で、書くべきことの主要部分はほぼ出尽くしたと思う。従って、この「あとがき」は、恒文社版のものに補足する形になった。また、いとうせいこう氏には闊達な解説を寄せていただいた。

本書の成立には、もちろん多くの方々にお力添えいただいた。特に本書の翻訳を強くおすすめくださった故吉上昭三氏、恒文社版の巻末にエッセイ(平凡社ライブラリー版では未収録)

を寄せてくださった故なだ・いなだ氏、故柳宗民氏には、改めてお礼申しあげると共にご冥福をお祈りしたい。

二〇一四年十二月

飯島　周

解説――ひとつの四季

いとうせいこう

ベランダ園芸を始めて二十年以上になる。

その七転八倒というか、失敗続きのというか、妄想だらけの様子は『ボタニカル・ライフ』『自己流園芸ベランダ派』という随筆集になっている。特に前者はもともと勝手にホームページに書き綴っていたものであり、つまり誰からも依頼されずにせっせと更新していたのだった。

そうした随筆の中で当時、私は素人園芸家として植物の変化にいちいち驚き、枯れゆく姿にしょんぼりしたり、復活する小さな芽に狂喜したり、ツタだのガクだの肥料のやり過ぎだのアブラムシの増殖だのに刺激を受けたりして、ついには生命とは何であろうかとか、宇宙の仕組みの新理論などについて大真面目に語り出す始末であった。狂っていたと思う。そして、今もその狂気は、ベランダのオリヅルランやアマリリスやアイビーなどと同様、日々の水やりによって保たれている。

カレル・チャペックの、というよりチャペック兄弟のというべきだろうか、『園芸家の一年』(私が初めて読んだのは小松太郎訳だったから『園芸家12カ月』という題名であったが)がなければ、自分はそのような〝植物を通して生命や宇宙を考える〟ことはなかっただろうし、植物への一方的な愛が度を越して結果ちっとも植物のためになっていなかったり、例えば生育が気になるあまり、やってはいけない夜の水やりに手を染めたりして、しかもそれを文章にすることとなどなかったと思う。

いつ読んだかは覚えていないのだが、チャペック先生のあのユーモアはひどく強く優しく私を打った。ポーカーフェイス、誇張、絶妙な比喩。私が大好きなタッチの笑わせ方であった。構えが大きく、目の前の事象を抱擁しながら、その自分を小さく描く。すると、ますます事象は巨大化していく。庭で土を掘り、ホースで水をまき、タネを植える。それだけのことがスラップスティックになる。

私はにやにやし、時おり吹き出し、最後にはジーンと来て目に涙を浮かべたのではないか。

よい恋愛小説を読んだ時みたいに。『ベニスに死す』だって、こんな風に一方的で滑稽でスラップスティックな話だ。少なくともカレル・チャペックの筆致を通過した読者は、どんなシリアスな顔をした文章の奥にもユーモアを感じることが出来るだろう。傷ついた者を包み込む力を。

そしてきっと書きたくなる。自分ならバラのトゲとサイの角が似ていることから何を考えるか、芋の葉の上にたまったひと粒の朝露がどんな宝石だと思うか、朝顔のツルに視覚があると仮定しなければ解けない動きがあることなど、チャペック先生の域にはたどり着けないにせよ、何か書き残しておきたいと思うはずなのだ。なぜって、植物に触れている限り、とぎれとぎれの想像力がふと現われ、ふと消えるから。書かなければそれはこの世を去ったままになるから。つまり、そのタネは。

俳人はそこで妄想を十七文字にする。見出しを付けるようなものである。しかし散文家はさらに醜く粘る。タネに水をやり、何かで覆い隠して芽を出させ、さあこのフタバはどう拡大するか、茎はどう伸びるか、いつが摘心の最良の時か、花の蕾はどこにつくのか、それを摘んでしまったらおしまいだと思いながら、体験から来る自分の想像力を上へ上へと育ててみる。そう、書くことはもうひとつの園芸なのである。

植物の随筆を書くことは、したがってけっこうあさましいことだ。園芸に生き甲斐を感じた上で、そこからさらに文を〝園芸〟するのだから。欲深な人種。しかも世の中はうまく出来ていて、植物について文を書く人が〝枯れ〟ていると思ってくれる。まさか昼間の夜盗虫《ヨトウムシ》退治の快感を、午後になって再び文章にして甦らせているとは思いもよらない。枯れているどころか、こっちは実を採っているのだ。

ヘルマン・ヘッセも、チャペック兄弟も、そういう人たちである。だからこそ、私は彼らを愛してやまない。そこまでして植物を観察し、世話をし、裏切られ、思わぬ成功をし、そこまでして文章で楽しむ。書くことで二倍も三倍も時を味わうのは、自分の生命が有限だと知っているからに違いない。

また、書かなければわかってこないことがある。抽象的な思考に分け入っていく時もそうだが、単純に言って「この花びらの魅力をどう書こうか」と思って見つめる花びらはいつもと違う。何事かをつまびらかにしてくれる。あ、先端の色が少し薄かったのかとか、おしべがずいぶん少ないとか、まるで眼球の前にベールがあったのが取り去られるように、植物はその姿を明瞭にしてくれる。私たちは普段、何も見ていない。書こうとする時以外には。

もちろん文だけではない。ヨゼフ・チャペックのように絵を描くのも同じだ。私は描く能力がないのではっきりとは言えないが、みうらじゅんという友人にデッサンの基礎を教えてもらったことがあり、対象を画用紙に鉛筆で描いていくからこそ見えてくる世界があるのにひどく驚いた。どこに光が当たっていて、どこから影か。私たちは意識的にはそれを見ていないのだ。

というわけで、チャペック兄弟の『園芸家の一年』を読んだら、是非書いたり描いたりするといいと思う。もしあなたが欲深なら、という条件付きで。いや、書いたり描いたりしてみることで、あなたは自分の欲深さに気づくでしょうと予言をしておきたい。なぜなら、あなたの生命もやっぱり有限なのだから。

ここで、チャペック兄弟がどういう状況下でこの随筆を書いていたか、描いていたかについて触れなければならない。私は本書を読む度にそのことに深い感慨を覚えるからである。ある有限に。ある不自由に。束縛に。

一九二七年の十一月末にまず「園芸家の十二月」が発表された、と訳者飯島さんのあとがきにある。メディアは兄弟が在籍していた『リドヴェー・ノヴィニ』、すなわち『人民新聞』である。その六年前の一九二一年、彼らは『国民新聞』から移籍をした。チェコ政府が保守化の一途をたどり、『国民新聞』がその官報のようになったからである。

以来、カレル・チャペックが冬の夜の嵐の中で庭仕事をして肺炎になり、クリスマスの夕刻に亡くなるまで（一九三八年）、兄ヨゼフ・チャペックが翌年侵攻してきたナチス・ドイツによって風刺漫画を問題視され、逮捕され、収監され、アンネ・フランクが命を落とした強制収容所で亡くなるまで（一九四五年）、二人は『人民新聞』に籍を置いた。

彼らは抵抗者であった。このことを同志たる園芸家なら特に忘れてはならない。『園芸家の一年』は、初出の翌年から連載となった随筆にその他の書き下ろしを組み合わせることで成り立っている。ほぼ一九二八年に書かれているのだ。

その年、ドイツではヒットラーのナチ党が躍進を遂げていた。チェコでは共産主義者への弾圧が公然と行われていた。

カレル・チャペックの筆はまさに恐怖の時代の中で、このユーモアあふれる『園芸家の一年』を綴っている。ヨゼフ・チャペックもまたいかにものんびりとした絶妙な味の絵を描いている。

私はこれも偉大な抵抗だ、とかねがね思ってきた。彼らは自らの庭から政治を排除した。一切立ち入らせなかった。徹底的に無視したと言ってもいい。その上でこそ、彼らは〝庭で土を掘り、ホースで水をまき、タネを植え〟た。〝タネに水をやり、何かで覆い隠して芽を出させ、さあこのフタバはどう拡大するか、茎はどう伸びるか、いつが摘心の最良の時か、花の蕾はどこにつくのか、それを摘んでしまったらおしまいだと思いながら、体験から来る自分の想像力を上へ上へと育ててみ〟せた。

二人は『人民新聞』の読者をそうやって和ませ、楽しませた。読者もまた、それが時代への痛烈な皮肉のひとつだとわかっていたのではないか。そして、彼らの毎回の勝利、政治の変化にまったく屈しない姿ににやりと頬をゆるませたのではないか。これもまた、園芸家仲間の私による、同志愛過多な妄想なのだろうか。いいや、そんなはずはない。

なぜなら、これは有名な話だが、さっき書いたカレル・チャペックが亡くなった翌年、一九三九年、プラハを占領したナチス・ドイツのゲシュタポは彼の屋敷に押し入ったのだ。その死も知らずに。当然、ゲシュタポはヨゼフ・チャペック同様に彼を逮捕・収監する気だったろう。それは兄弟によるファシズム批判を危険視したからだ。

それほどチャペック兄弟には人気があり、その筆による風刺は強烈だった。もしカレル・チャペックがあのクリスマスの夕方に息をひきとっていなかったら、彼の亡くなる場所はかなりの確率でナチスの強制収容所だったはずだ。

さて、これ以上は書く必要もあるまいし、今読んだことを忘れてもらってもいい。本書の大ファンであり、これなくしては自分も植物について書かなかったと断言出来る私でさえ、『園芸家の一年』をひたすらのんびりとした面白い随筆として読む。それでいいと思う。

書く者が自分の生命を有限だと感じていることのその重みは、いずれにせよ伝わってしまうだろうから。この本にはそれが積み重なっているから。生命は自然によって絶たれる場合と、自分を含む他者の干渉によって絶たれる場合とがある。そのどちらをもチャペック兄弟は視野に入れて作品を為していたことだけは、どうしたって確かだ。植物の生命に関しても、自分の生命に関しても。

園芸家とはそういうものだろう。植物を通して、自分を知るのだ。兵器や怒鳴り声を通してでなく、移動ひとつ出来ない生き物を通して。とはいえ決してかよわくはなく、支配も不可能な緑色の生き物に尽くすことで。それでようやく自分の非力と、その愛すべき小さな生活を我々は知るのである。

カレル・チャペック先生は最後にこう書いている。

「神様のおかげで、ありがたいことに、わたしたちはまたもう一年、未来に進むのだ!」

さあ、もう一度初めから、この名著を読もうではないか。ぐっと違って読めてくるはずだから。それが私たちに未来をもたらすために書かれていることが、今度はわかるだろう。ひとつの四季が園芸家を成長させ、次の一年へ向かわせるように。

（いとう せいこう／作家・ベランダー）

チャペックのエッセイ「適時適書」
の挿絵より。チェコ語の文字は、
「いつ何がよまれるのか」の意

平凡社ライブラリー　825

園芸家《えんげいか》の一年《いちねん》

発行日…………2015年2月10日　初版第1刷
2021年11月30日　初版第5刷

著者……………カレル・チャペック

訳者……………飯島 周

発行者…………下中美都

発行所…………株式会社平凡社
〒101-0051　東京都千代田区神田神保町3-29
電話　東京(03)3230-6579[編集]
東京(03)3230-6573[営業]
振替　00180-0-29639

印刷・製本 ……株式会社東京印書館

DTP…………大連拓思科技有限公司＋平凡社制作

装幀……………中垣信夫

ISBN978-4-582-76825-1

NDC 分類番号989.5

B6変型判（16.0cm）　総ページ238

平凡社ホームページ https://www.heibonsha.co.jp/

平凡社ライブラリー　既刊より

【日本史・文化史】

【世界の歴史と文化】

チャールズ・ラム……………………エリアのエッセイ
カレル・チャペック……………………いろいろな人たち――チャペック・エッセイ集
カレル・チャペック……………………未来からの手紙――チャペック・エッセイ集
カレル・チャペック……………………こまった人たち――チャペック小品集
G・オーウェル……………………オーウェル評論集(全4巻)
A・ハクスリー……………………知覚の扉
ホルヘ・ルイス・ボルヘス……………………ボルヘス・エッセイ集
V・ナボコフ……………………ニコライ・ゴーゴリ
M・ブーバー＝ノイマン……………………カフカの恋人 ミレナ
フランツ・カフカ……………………夢・アフォリズム・詩
近藤二郎……………………決定版 コルチャック先生
ロバート・コールズ……………………シモーヌ・ヴェイユ入門
白洲正子……………………花にもの思う春――白洲正子の新古今集
白洲正子……………………木――なまえ・かたち・たくみ
矢川澄子……………………「父の娘」たち――森茉莉とアナイス・ニン
アンリ・フォシヨン……………………ラファエッロ――幸福の絵画
G・フローベール……………………紋切型辞典